QUAND L'AMOUR S'EMMÊLE

Avis aux lecteurs

Vous êtes nombreux à nous écrire
et nous vous en remercions.
Pour être sûrs que votre courrier arrive,
adressez votre correspondance à :

Bayard Éditions Jeunesse
Collection Cœur Grenadine
3 / 5, rue Bayard
75008 Paris.
cœur.grenadine@bayard-presse.com

Cœur Grenadine

QUAND L'AMOUR S'EMMÊLE

ANN PARK

TRADUIT DE L'AMÉRICAIN
PAR GIGI BAY

DEUXIÈME ÉDITION
BAYARD JEUNESSE

Titre original
SWEET DREAM®
Love by the book
Sweet Dreams is a registered trademark
of Random House Children's Books,
a division of Random House, Inc.

Cœur Grenadine est une marque déposée,
reproduite avec l'aimable autorisation d'Alain Souchon et de Laurent Voulzy

Loi n° 49-956 du 16 juillet 1949
sur les publications destinées à la jeunesse
Dépôt légal juin 2003

ISBN : 2 747 007 62 6

Chapitre 1

J'étais en train d'arranger une pile de bouquins dans la librairie lorsqu'une voix masculine lança dans mon dos : « Salut, Lisa ! »

– Salut, Phil, tu vas bien ? demandai-je à mon copain de lycée qui venait m'aider.

– Ça va. Un coup de main ?

Et sans attendre de réponse, il saisit mon plumeau et se mit à dépoussiérer les étagères tandis que j'allais dans la réserve.

Mes grands-parents avaient monté cette

petite librairie quand ils étaient plus jeunes, et, au moment de leur retraite, mes parents avaient repris le magasin. Je les avais aidés dès mon plus jeune âge. Hélas, avec la nouvelle route, les voitures passaient de moins en moins dans le centre, et les clients se faisaient rares. Très vite, l'affaire n'avait plus rapporté assez d'argent pour faire vivre la famille. Mon père avait dû prendre un travail à Rochester, et ma mère un emploi à mi-temps. Le magasin avait donc été mis en vente et, si mon père trouvait un acheteur, la librairie ne serait bientôt plus qu'un souvenir…

Il était neuf heures, ce samedi matin, et la ville dormait encore. Quand je sortis de la réserve, les bras chargés de livres, je trouvai Phil assis sur le pas de la porte, plongé dans un roman. Je l'observai à son insu : grand et mince, il avait des cheveux couleur paille et un sourire craquant. Je savais qu'il m'aimait bien, mais… il ne faisait pas le poids face à Kevin Cott ! Kevin était pour moi le garçon le plus merveilleux du lycée – du monde, en fait.

– Ça me fait tout drôle, déclara Phil en m'arrachant à ma rêverie.

– Quoi ?

– D'être ici, plutôt qu'à New York.

– Qu'est-ce que tu préfères ? demandai-je avec curiosité.

– Eh bien, l'agitation de la ville me manque un peu, mais je me plais bien à Kingsway. C'est super, de voir des arbres et des fleurs. L'autre jour, je suis allé me promener, et je suis tombé nez à nez avec une vache ! C'était bien la première fois que ça m'arrivait !

– J'en vois depuis toujours ! m'exclamai-je joyeusement.

Phil avait emménagé à Kingsway six mois auparavant. Ses parents en avaient eu marre de la grande ville, et sur un coup de tête avaient acheté une maison dans notre campagne. Moi, Kingsway me convenait parfaitement, je connaissais tous ses habitants, et ça me rassurait. Ce qui n'était pas le cas au lycée que je fréquentais, à quelques kilomètres de là.

– Hou hou, Lisa ! dit Phil. Tu rêves ? Et si on buvait quelque chose ?

– Bonne idée. Je vais faire du thé.

J'entrai dans la petite cuisine, suivie par Phil. La boutique était une ancienne ferme. Le sol de la boutique était en pin, et le mur entre la cuisine et le salon avait été abattu, pour ne former qu'une seule pièce, avec des étagères remplies de livres, et un peu de brocante. Les objets étaient disposés à des endroits stratégiques. Une baratte dans un coin, un rouet dans un autre. Il y avait aussi un fourneau et une vitrine ancienne contenant des bijoux, des cuillères en argent et des éventails en ivoire. Toutes ces vieilleries ne devaient pas avoir beaucoup de valeur, mais je les adorais. J'avais l'impression d'évoluer dans un décor de théâtre.

Comme ma famille passait beaucoup de temps à la librairie, il y avait toujours quelque chose à grignoter dans la cuisine. Ce jour-là, il restait des muffins, que Phil dévora.

– Délichieux, affirma-t-il, la bouche pleine.

Je me demandais parfois pourquoi il traînait ici. Contrairement à moi, il s'était tout de suite intégré au lycée. Sa décontraction plaisait aux autres. Il n'était pas hautain ni méprisant, et il parlait à tout le monde. Peut-être parce qu'il venait d'une grande ville ? En tout cas, ma meilleure amie, Kimberley, le trouvait super. « Il est trop mignon, Lisa ! m'avait-elle dit quelques jours plus tôt. Et il a l'air de t'apprécier, en plus... Pourquoi tu fais comme si de rien n'était ?

– Je ne suis absolument pas intéressée par Phil Bradley, avais-je répondu avec impatience. C'est juste un ami, alors économise ta salive. Tu sais très bien qu'un seul garçon me plaît : c'est Kevin. »

Malheureusement pour moi, ce garçon était aussi inaccessible que Leonardo Di Caprio !

Kim ne mâchait pas ses mots : « Arrête de rêver ! Je sais que tu es amoureuse de lui, Lisa, mais il est pris. Meredith ne le quittera pas de sitôt. » Elle était trop polie pour ajouter que Kevin n'avait pas spécialement l'air de vouloir se séparer de Meredith !

Assise devant mon thé, je songeai avec une pointe de regret qu'avoir un petit ami avec qui passer du temps devait être bien agréable. Je sortais parfois avec des garçons, mais ce n'était jamais le grand amour.

– À quoi penses-tu maintenant, espèce de rêveuse ? demanda Phil en essayant de capter mon regard.

– À rien, répondis-je, le feu aux joues. Je devrais être dehors à attendre les clients, au lieu de rêvasser.

– À propos, tu as parlé à ton père ?

– Euh… Pas encore.

Phil s'était mis en tête une idée complètement farfelue : que je tienne moi-même la librairie. Je n'arrêtais pas d'y réfléchir : peut-être n'était-ce pas si fou, après tout ? En tout cas, c'était le seul moyen de la garder dans la famille. Mais serais-je capable de prendre une telle responsabilité ?

Chapitre 2

Notre discussion fut interrompue par une voiture qui s'arrêta devant la boutique. Tandis que Phil faisait la vaisselle, je jetai un œil par la vitrine : c'était Kevin Cott ! Je me regardai rapidement dans le vieux miroir : mes cheveux blonds étaient tout ébouriffés, et une trace de confiture traînait au coin de mes lèvres. Mentalement, je me comparai à Meredith, qui avait de longs cheveux bruns ondulés, un teint de pêche et un visage superbement proportionné. Il me suffisait de penser à elle pour me sentir trop grande, trop maigre… Misérable.

J'ouvris la porte au moment où Kevin tendait la main vers la poignée.

– Salut, Lisa !

– Salut, Kevin ! bredouillai-je. Qu'est-ce qui t'amène ?

– Je cherche un cadeau pour l'anniversaire de ma mère. Comme elle adore les objets anciens, j'ai pensé que tu pourrais me conseiller.

Je l'invitai à entrer et lui indiquai une valise remplie de bibelots, que je m'empressai de lui montrer : des peignes, des cuillères, des vaporisateurs de parfum, des camées et des piques à chapeaux. Kevin examina un moment le joyeux bric-à-brac, puis se décida pour un vaporisateur ancien avec une poire.

– Cet objet est ravissant, affirmai-je. Je suis sûre qu'il lui plaira. Tu veux que je te fasse un paquet cadeau ?

– Oui, merci beaucoup. Tu travailles ici souvent ?

– Dès que possible, oui. Et à plein temps pendant les grandes vacances ; enfin, jusqu'à ce que mon père trouve un acheteur…

– Un acheteur ?

Tout d'un coup, j'eus un mal fou à retenir mes larmes. L'idée qu'un inconnu puisse remplacer la vieille enseigne en bois par une autre me rendait malade.

– La librairie est en vente, dis-je, la gorge serrée. Mon père a dû prendre un travail à Rochester, il n'arrivait plus à joindre les deux bouts. Ma mère et moi tenons la librairie en attendant... Mais comme elle travaille aussi, je suis toute seule, la plupart du temps.

– C'est dur, dit Kevin.

Je plaçai délicatement le vaporisateur dans une jolie boîte, tout en discutant avec Kevin. Comme c'était simple ! Il ne m'intimidait pas du tout, et puis j'avais tellement envie de le connaître !

– Il paraît que tu as vécu à Londres, dis-je. Comment c'était ? Tu es allé chez Harrod's, et chez les antiquaires ?

– Tu connais Londres ?

– Non, seulement par les livres et les films. Mais j'ai bien l'intention d'y aller un jour !

Il me raconta l'Angleterre en détail, répondant aux questions que je lui posais. Il prenait visiblement plaisir à me parler de son séjour.

– Ça te plairait, Lisa, conclut-il.

– Un jour, j'irai là-bas, répétai-je solennellement.

Kevin me regardait comme s'il me voyait pour la première fois. Je n'étais plus la grande perche un peu timide qui allait dans le même lycée que lui, mais une vraie personne, avec des choses à dire.

– Tu es une drôle de fille, Lisa, lâcha-t-il soudain. Différente des autres.

À ce moment précis, Phil sortit de la cuisine. Absorbée par ma discussion avec Kevin, je l'avais complètement oublié ! Kevin et lui se saluèrent, et pendant un moment la conversation porta sur le lycée. Ils étaient tous les deux fans de basket ; c'était d'ailleurs la seule chose qu'ils avaient en commun. Car, pas plus que moi, Phil ne faisait pas partie de la bande très branchée de Kevin.

Enfin, Kevin annonça qu'il devait partir.

– Bon, on se voit au lycée lundi ? dit-il, et il me regarda droit dans les yeux, ignorant complètement Phil.

– J'espère que ta mère appréciera ton cadeau, fis-je en guise de réponse.

– Merci de m'avoir aidé à choisir. Ton paquet est superbe. Et essaie de dissuader ton père de vendre.

Je le raccompagnai jusque sur les marches. Lorsque je revins à l'intérieur, Phil avait l'air maussade. J'avais l'impression qu'il n'aimait pas trop Kevin. Mais ce n'était apparemment pas le sujet qui le préoccupait.

– Qu'est-ce que tu attends, Lisa? C'est le moment de parler à tes parents. Encore quelques semaines, et c'est les vacances! Tu travaillerais à plein temps tout l'été, et les week-ends de l'année scolaire.

– Je ne sais pas... C'est une grande responsabilité, un magasin. Et depuis que mes parents travaillent tous les deux, je ne peux plus tellement compter sur eux.

– Pas besoin. Tu as grandi ici, tu sauras très bien te débrouiller, non? Et je te filerai un coup de main, proposa-t-il.

– Tu penses vraiment que j'arriverais à tenir la librairie toute seule?

– Ce qui importe, ce n'est pas ce que je pense, moi, répondit Phil.

– Tu as peut-être raison, il y a des chances que ça marche..., dis-je rêveusement. J'ouvrirais de quatre heures à six heures en semaine, après les cours, et tout le week-end.

– Et ta mère y passerait sans doute quelques

après-midi quand elle ne travaillerait pas, poursuivit mon ami.

Je réfléchissais, passant en revue toutes les possibilités.

– J'en parlerai à mon père ce soir. On verra bien... S'il est d'accord, il me faudra de l'aide. Tu ne chercherais pas un boulot d'été par hasard ? Tu ne seras pas beaucoup payé, mais tu pourras emprunter des tonnes de livres !

– S'il y a des muffins au goûter, je suis d'accord ! fit-il malicieusement. Je te téléphone ce soir pour savoir ce qu'ont dit tes parents.

Phil quitta le magasin en sifflotant. De mon côté, j'étais très fébrile à l'idée de m'occuper du magasin.

Et puis Kevin était passé à la boutique !

Chapitre 3

Je savais que ce ne serait pas une mince affaire de convaincre mes parents. « Les jeunes filles de seize ans ne tiennent pas de magasin », voilà la réponse à laquelle je m'attendais. Je patientai jusqu'à la fin du repas pour amener sur le tapis l'idée de Phil, espérant que tout le monde serait plus détendu.

– Comment ça s'est passé au magasin, aujourd'hui ? demanda mon père au moment du dessert.

Enfin l'occasion se présentait de leur parler de mon projet !

– Pas mal ! J'ai vendu un vaporisateur à parfum à Kevin Cott, pour sa mère.

– C'est curieux ! Il est plutôt du genre à fréquenter les boutiques de luxe, lança ma mère.

– Ne crois pas ça ! Il n'est pas snob du tout. Il est même très gentil.

Elle me dévisagea, surprise de me voir prendre la défense de ce garçon que je connaissais si peu.

– Tu as raison, je suis injuste. En fait, je juge sa famille à travers lui. Ils ont beaucoup d'argent, n'est-ce pas ?

– Possible. Son père est un homme d'affaires. Grâce à lui, Kevin a voyagé partout, même en Europe !

– Moi, dit papa, pensif, si j'étais riche, j'achèterais quelques livres rares, et un bon accordéon.

Mon père est la seule personne parmi les gens que je connais à aimer l'accordéon. Maman posa affectueusement la main sur son épaule :

– Des livres et un accordéon ! Si ça se trouve, c'est pour bientôt, mon chéri, quand nous aurons vendu le magasin !

C'était le moment ou jamais de me lancer. Mais mon père me devança :

– À propos... J'ai réfléchi. Avec tous les frais que ça entraîne, je ne vois pas comment nous ferions pour garder la librairie plus longtemps. Je pensais tenir jusqu'à ce qu'un acheteur se présente, mais il va falloir accélérer les choses et mettre la clé sous la porte.

– Mais... tu ne peux pas faire ça ! m'exclamai-je.

Ma voix s'était brisée sous le coup de l'émotion. Moi qui avais voulu aborder le sujet calmement ! C'était raté.

– Papa, je t'en prie, ne ferme pas maintenant. Je voudrais reprendre la librairie !

Un profond silence accueillit ma proposition.

– Mais, Lisa, c'est impossible ! s'exclama mon père au bout d'un moment. Et tes études ? Tu ne vas pas arrêter le lycée comme ça !

– Bien sûr que non ! Je viendrai après les cours, on ouvrira à 16 heures. Et maman m'aidera quand j'aurai trop de devoirs. Et puis, pendant les grandes vacances, je travaillerai à plein temps. J'ai besoin d'un job d'été, moi ! Et à Kingsway, ça ne court pas les rues !

– Là, elle a raison, intervint ma mère.

– Phil a promis qu'il m'aiderait. Il adore les livres, lui aussi. À nous deux, je suis sûre qu'on y arrivera. Laisse-moi au moins essayer, papa.

– La librairie ne rapporte pas beaucoup d'argent, dit mon père doucement. Nous devrons quand même la vendre un jour. Et n'espère pas toucher un gros salaire…

– Je sais, mais ça m'est égal. Je peux m'en occuper jusqu'à la vente. Un magasin en activité attirera plus facilement un acheteur qu'un vieux bâtiment fermé.

– C'est vrai, dut admettre mon père.

Maman nous regardait l'un et l'autre.

– Chéri, commença-t-elle en me souriant, c'est vrai que Lisa a souvent la tête dans les nuages, mais c'est une bonne vendeuse. On devrait lui laisser sa chance, qu'en penses-tu ?

– Donne-moi un peu de temps pour en discuter avec ta mère, me demanda papa en me faisant un clin d'œil.

Je bondis de joie.

– Je vais chercher le dessert, et ensuite j'appellerai Kimberley.

– Rien n'est encore décidé, me rappela mon père.

– Je sais, mais… ça semble bien parti, non ?

Mes parents éclatèrent de rire tandis que je me précipitais vers la cuisine.

– J'allais t'appeler avant que Steve arrive, m'annonça Kim au téléphone.

Kimberley et Steve sortaient ensemble depuis l'âge de quatorze ans, et pour moi ils représentaient le couple idéal. À côté d'eux, je m'étais toujours sentie gamine. Kimberley, de taille moyenne, était très mignonne avec ses cheveux bruns coupés court, et ses yeux noisette. Steve n'était pas très grand non plus, il avait des cheveux bouclés, tirant sur le roux. Je les connaissais pratiquement depuis ma naissance, et je me sentais bien en leur compagnie.

Je parlai à Kimberley de l'idée de Phil et de la proposition que j'avais faite à mes parents.

– Ils ont besoin de réfléchir, mais je crois que c'est presque gagné ! m'enthousiasmai-je. De toute façon, aujourd'hui, c'est mon jour de chance ! Devine qui est passé ce matin pour acheter un cadeau à sa mère ?

– Pas Kevin Cott, quand même ?

– Si ! ne pus-je m'empêcher de crier.

– Incroyable !

Je lui décrivis la visite de Kevin avec tous les détails de notre conversation. Kimberley, en bonne confidente, m'écouta attentivement.

– Et à ce moment-là Phil est revenu de la cuisine. Crois-moi si tu veux, j'avais totalement oublié son existence !

– Pauvre Phil ! le plaignit-elle. Il est trop gentil, ce garçon !

Elle semblait sincèrement peinée pour lui, et je me sentis un peu coupable :

– Tu sais, l'idée de reprendre le magasin vient de Phil ! Si mon père est d'accord, je lui donnerai un job à mi-temps. C'est un ami précieux.

– Phil t'aime bien, Lisa. S'il travaille pour toi, vous passerez beaucoup de temps ensemble. Peut-être que…

– Peut-être que quoi ? la coupai-je. Phil est juste un ami. Et je ne pourrais pas tomber amoureuse de lui.

« Car j'aime quelqu'un d'exceptionnel », ajoutai-je pour moi-même. Je savais que Kimberley trouvait bête que je sois attirée par Kevin. On n'était pas du même monde, et puis il sortait déjà avec Meredith Hunt.

Peu après que j'eus raccroché, le téléphone sonna. C'était Phil.

– Alors, comment ça s'est passé avec tes parents ? demanda-t-il.

– Eh bien, papa pensait fermer dès maintenant, mais je crois que j'ai réussi à l'en dissuader. Il est en train d'en parler avec maman. Je croise les doigts !

– En attendant, que dirais-tu d'une glace chez Polly ? Ma mère me prête sa voiture.

– D'accord ! Passe me chercher dans un quart d'heure.

Mes parents eurent l'air ravis lorsque je leur annonçai que je sortais manger une glace. Je savais qu'ils appréciaient Phil parce qu'il était sympathique et qu'il adorait les livres. Et quand mon père avait découvert qu'il jouait aussi aux échecs, Phil avait été définitivement adopté.

– Ta mère et moi avons bien réfléchi, annonça mon père lorsque je descendis retrouver Phil, qui venait d'arriver. Et nous avons décidé que, depuis le temps, tu connais suffisamment le métier pour pouvoir faire un essai.

– Mais c'est génial ! m'exclamai-je en tapant des mains.

Je leur fis une grosse bise à chacun.

– Ça ne va pas être facile, me prévint mon père. Et c'est un essai, je le répète. Si tu es dans le rouge, nous serons obligés de fermer. Il y aura beaucoup de travail. En plus de recevoir les clients, il faudra tenir les comptes, et aller aux ventes aux enchères pour renouveler le stock.

– Je l'emmènerai, monsieur Randall, s'empressa de dire Phil. Je suis sûr que ma mère me laissera prendre sa voiture quand nous en aurons besoin.

Il s'arrêta et rougit légèrement.

– Enfin… Si vous voulez bien m'embaucher, ajouta-t-il, embarrassé.

– À partir de maintenant, c'est Lisa, le chef ! C'est elle qui décide ! s'écria mon père en souriant.

Je tendis la main à Phil :

– Je t'embauche ! Le salaire n'est pas très élevé, mais si tu travailles bien, je te promets une augmentation, plaisantai-je.

Mes parents nous félicitèrent pour notre nouvelle association, puis nous laissèrent partir.

Dehors, sous l'éclat de la lune du mois de juin, Phil me regarda, les yeux brillants. Aussi heureuse que lui, j'avais envie de lui sauter au cou, mais je me retins : s'il était attiré par moi, je risquais de faire naître de faux espoirs en lui.

– Ça va être un été merveilleux, Lisa. Te voilà chef d'entreprise, et tu as déjà un employé ! blagua-t-il tout en m'ouvrant la portière. Quelle autre fille de seize ans pourrait en dire autant ?

Chapitre 4

– Salut, Lisa ! Hou hou ! Phil ! Venez par là !

Kim et Steve, assis à une table au milieu de la salle, nous faisaient de grands signes. Je supposais qu'ils auraient préféré rester tout seuls, mais le restaurant était bondé. « Chez Polly » était l'endroit le plus à la mode du coin. Les hamburgers et les glaces étaient tellement bons que les gens faisaient des kilomètres pour y manger.

– Tu prends quoi, chef? demanda Phil en s'asseyant à côté de moi.

Je regardai sa mince silhouette et la mienne et décidai que quelques calories ne nous feraient pas de mal.

– Un banana split, avec plein de chocolat et de chantilly, s'il te plaît.

Kimberley réagit au quart de tour :

– Chef? Ça y est, tes parents sont d'accord?

– Eh oui !

Phil et moi, on se mit à parler en même temps, exposant en détail notre idée.

– Tu devrais très bien t'en sortir ! s'écria Kimberley.

– Je pense, oui. Mais de là à faire du profit…

À cet instant, l'atmosphère chez Polly changea brusquement, comme si quelqu'un de très important venait d'entrer. Sans même me retourner, je sus qu'il s'agissait de Kevin et Meredith. Effectivement, celle-ci passa devant notre table avec nonchalance. Kevin la suivait, l'air un peu maussade. Lorsqu'il me vit, son visage s'éclaira, et il s'arrêta à notre hauteur.

– Salut, Lisa ! Ma mère a adoré le vaporisateur !

Il jeta à peine un regard à Phil, Kimberley et

Steve. Ses yeux étaient rivés sur moi.

– Je voulais te dire…

– Il y a un box libre, Kevin. Tu viens ? le coupa la voix glaciale de Meredith.

Kevin se renfrogna, et j'en déduisis qu'il y avait de l'eau dans le gaz entre eux deux ce soir-là.

– Le devoir m'appelle, soupira-t-il. À plus tard.

Il me décocha un sourire qui me laissa toute pantelante. Je rougis de plaisir. Kimberley remarqua mon trouble, mais elle eut la délicatesse de ne pas faire de commentaires.

Je passai le reste de la soirée comme dans un rêve. Je m'efforçai de paraître naturelle, et personne ne s'aperçut de rien. En fait, chaque sourire, chaque geste, étaient destinés à Kevin. Je voulais qu'il pense que j'étais une fille intéressante et drôle. Et tant pis si je devais flirter avec Phil pour attirer son attention ! Phil sembla ne pas remarquer mon manège. Au contraire, il était ravi de l'attention que je lui portais.

Puis, au moment du départ, je risquai un œil vers Kevin et Meredith. Ils avaient l'air de se faire la tête. Meredith fixait obstinément son verre avec une moue boudeuse. Kevin leva la tête, comme s'il avait senti que je l'observais. Il me sourit de nouveau ; un magnifique sourire, que je m'empressai de lui rendre. Mais à ce moment-là Meredith se tourna vers moi, rompant le charme.

Une fois dehors, Kimberley et Steve rentrèrent chez Kimberley regarder une cassette vidéo. Ils nous proposèrent de venir, mais je déclinai l'invitation. Il s'était passé quelque chose de magique ce soir-là, et j'avais envie d'être seule pour y penser.

Sur le chemin du retour, je restai silencieuse. D'habitude, j'aimais bien discuter avec Phil, il était drôle et plein de repartie. Mais ce soir-là, sa conversation ne m'intéressait pas. La seule chose que j'avais à l'esprit, c'était le sourire de Kevin.

– « La Terre à Lisa, la Terre à Lisa, répondez ! » me lança Phil comme s'il parlait dans un micro.

Je sursautai :

– Je suis désolée, Phil ! Tu disais ?

– J'étais en train de te dire que dans quinze jours, c'est les vacances et qu'on va pouvoir commencer à travailler à plein temps. Ma mère nous prêtera sa voiture pour faire les salles des ventes. Il faut qu'on renouvelle notre stock !

– Dis donc, pour un employé à mi-temps, tu t'investis beaucoup, remarquai-je en riant. On ira les jours où ma mère pourra me remplacer à la librairie. C'est le problème avec un magasin, il faut être là tout le temps.

– Ne t'inquiète pas, on se débrouillera très bien.

En arrivant chez moi, pour me montrer polie, je lui proposai de venir voir un film à la maison. Pourtant, je n'avais qu'une idée en tête : rester seule pour repenser tranquillement à Kevin. Par chance, Phil avait autre chose de prévu.

– J'aimerais bien, mais j'ai promis à Joey de faire une partie de jeux vidéo, s'excusa-t-il.

– Tant pis ! Merci pour la glace et la balade, c'était sympa !

Avant que je comprenne ce qui se passait, Phil déposa un léger baiser sur mes lèvres. Je ne pus m'empêcher de reculer vivement. Il s'écarta aussitôt, l'air gêné.

– Désolé, chef, dit-il calmement. J'avais oublié que maintenant on a une relation d'employeur à employé.

Je ne pouvais supporter son visage peiné, alors je lui fis une bise sur la joue :

– C’est pour sceller notre contrat de travail.

Et je sortis de la voiture sans le laisser dire un mot.

Chapitre 5

Le dimanche passa comme dans un rêve. Mes parents me proposèrent de sortir, mais je refusai. Je voulais être seule avec mes pensées. Mon esprit se repassait en boucle le film de la veille et les sourires charmeurs de Kevin. Ses yeux ne m'avaient pas menti. Même Kim, qui me répétait que Meredith et Kevin ne rompraient jamais, avait eu l'air impressionnée !

– Tu es tombée du lit ? s'exclama ma mère le lundi matin en entrant dans la cuisine.

Incroyable ! Normalement, tu cours toujours après le bus.

Je pris mon ton le plus sérieux pour lui répondre :

– C'est de l'histoire ancienne, maintenant que je suis responsable d'une librairie.

Je refusai d'avouer la vraie raison qui m'avait fait lever à l'aube. En fait, c'était la dernière semaine avant les examens, la seule où j'avais une chance de rencontrer Kevin. J'espérais seulement l'apercevoir, et le voir me sourire de nouveau. Il m'en fallait peu pour nourrir mes rêves ! Mais je m'imaginais aussi avec lui sur une plage du lac Ontario, à prendre le soleil, au bal de fin d'année dansant joue contre joue, et aussi tombant dans la rue sur une pauvre Meredith éplorée et lui lançant un regard compatissant.

J'adore me faire ce genre de film ! C'est peut-être la raison pour laquelle je suis fan de lecture et de cinéma. Il faudrait des dizaines de vies pour expérimenter tout ce qui arrive sur l'écran ou dans un roman.

– Hé ! Tu ferais bien de regarder où tu marches ! Tu as failli me rentrer dedans, dit une voix narquoise.

Dans le couloir du lycée, Kevin se tenait

devant moi, aussi beau qu'une star de cinéma. Nous étions tellement près l'un de l'autre que je pouvais sentir son parfum. Je lui adressai mon plus beau sourire en le regardant droit dans les yeux.

– Heureusement que tu étais là, Kevin, murmurai-je.

Il rougit imperceptiblement, et je vis ses yeux briller d'un éclat que je ne leur connaissais pas. J'eus l'impression qu'il allait m'embrasser, là, en plein milieu du hall du lycée, et le rouge me monta aux joues.

Malheureusement, une voix tranchante et ironique nous interrompit :

– Kevin, tu prends de l'avance ? Je ne suis pas encore partie, tu sais.

Au coup d'œil méprisant de Meredith je compris qu'elle ne me considérait pas comme une rivale potentielle. Mes livres contre moi, je lançai précipitamment à Kevin : « À plus tard ! » et filai à toute vitesse. Durant le cours d'anglais, je visionnai la scène dans ma tête. Que se serait-il passé si Meredith n'était pas arrivée ? Et que voulait-elle insinuer en disant qu'elle n'était pas encore partie ?

Pendant toute la dernière semaine, je n'arrêtai pas de croiser Kevin. Parfois, nous nous adressions un bonjour de loin dans le hall ; plus rarement, un sourire ou un clin d'œil. Le jeudi, nous étions ensemble dans la file de la cantine et, comme nous discutions, j'eus la conviction que le courant passait entre nous. Plus tard, à la fin du repas, j'en parlai à Kimberley.

– Kim, je suis certaine que je lui plais. Il me regarde d'une manière spéciale, je t'assure. En plus, je le rencontre tout le temps dans les couloirs !

– Arrête de rêver, répondit mon amie. Moi aussi, il m'arrive de tomber sur lui... et ça ne veut rien dire !

– Je sais, dis-je, déstabilisée. N'empêche... c'est comme un signe du destin !

– Mais cesse donc de confondre les histoires que tu lis avec la vraie vie ! s'écria Kimberley, excédée.

– Jamais ! répliquai-je, vexée.

Je sautai sur mes pieds et sortis de la cantine en trombe sans même lui dire au revoir.

Le soir même, pour se faire pardonner de s'être moquée de moi, Kimberley débarqua à la maison avec des gâteaux. Installées dans le jardin, on les mangea avec du thé glacé.

– J'ai du neuf pour toi, annonça-t-elle. J'ai

entendu dire que Meredith Hunt allait passer l'été en Europe avec sa famille. Son frère, Jerry, emmène son colocataire de la fac. Il paraît qu'il est très mignon et très branché.

– Comment tu l'as su? demandai-je, au comble de l'excitation.

– Par Bonnie. Elle prétend que Meredith vante les mérites de Neil partout et que Kevin est furieux.

Une lueur d'espoir s'alluma en moi, mais cette fois-ci je ne dis rien, repensant à l'épisode de la cantine où Kim m'avait sermonnée. Nous continuâmes à parler de Meredith et de ses vacances en Europe. Nous étions toutes les deux assez envieuses : en comparaison, mon été dans la librairie me semblait presque ennuyeux. Quels projets avait Kevin, de son côté ? Sûrement un voyage à l'autre bout de la planète !

La semaine suivante, nous avions tous des examens de fin d'année, et pas une fois je ne tombai sur Kevin. Par contre, je vis souvent Phil. Il n'attendait qu'une chose : que l'année scolaire s'achève pour commencer à travailler. Un jour, comme nous avions terminé notre examen en même temps, il m'attendit devant le lycée.

– Le bus ne sera pas là avant trois quarts d'heure, dit-il. Tu veux aller manger une glace chez Polly ?

– D'accord.

L'endroit était à moitié vide en cette période ; tout le monde devait être en train de réviser. Un rapide coup d'œil m'ayant appris que Kevin n'était pas là, je me détendis et discutai tranquillement avec Phil.

– Je suis bien content que ce soit la fin de l'année, soupira-t-il.

– Moi aussi !

Intérieurement, j'étais un peu déprimée à l'idée que je n'allais pas voir Kevin pendant les vacances. Ça allait être dur de passer tout l'été sans rien de nouveau pour nourrir mon rêve secret !

– Lisa…

La voix de Phil était bizarre et, en relevant la tête vers lui, je m'aperçus qu'il était tout rouge.

– Oui ?

– Eh bien, mercredi prochain il y a le grand pique-nique annuel et, si tu n'as personne, j'aimerais que tu m'accompagnes.

Je n'avais personne, et je ne voulais pas y participer, pour la bonne raison qu'aucun garçon ne m'y avait invitée ! J'aurais pu y aller avec mes copines ou avec Kim et Steve, mais la plupart des gens s'y rendaient en couple. C'était quand même plus drôle d'être avec un garçon, même si ce n'était pas celui de mes rêves.

– Avec plaisir, Phil ! fis-je.

Je pensai que Meredith et Kevin seraient ensemble au pique-nique, mais, au moins, j'aurais une occasion de le voir. Soudain, j'eus honte de mon égoïsme : Phil était tellement gentil, et je savais qu'il m'aimait beaucoup. Je lui donnais de faux espoirs. Mais j'avais déjà accepté, et je me jurai de ne plus le faire marcher. Je ferais tout pour que nous nous amusions bien. J'irais à ce pique-nique, et je me consacrerais uniquement au garçon efflanqué en face de moi qui me regardait, rayonnant.

Chapitre 6

Le jour du pique-nique, il faisait un temps magnifique. Je portais un short blanc et un débardeur rouge. Je mis un petit collier en or qui soulignait mon teint hâlé, me maquillai légèrement et décidai que j'étais très bien ainsi.

La fête avait lieu dans une pinède qui surplombait la vallée. La vue était à couper le souffle. L'endroit était équipé de barbecues, et les professeurs faisaient cuire les hamburgers et les saucisses. Tout le monde avait apporté quelque chose, des salades, des chips, des gâteaux.

Je me sentais vraiment bien. L'air embaumait les épines de pin et la viande grillée. Plus bas coulait un petit ruisseau. Comme nous étions en avance, je descendis avec Phil au bord de l'eau pour observer les poissons.

– C'est génial ! s'enthousiasma Phil. Dire qu'on vit à dix kilomètres seulement de cet endroit de rêve ! Quand j'habitais à New York, il fallait des heures pour se retrouver en pleine nature.

– Tu sais vraiment apprécier les choses simples, me moquai-je.

– C'est vrai. Donnez-moi un après-midi ensoleillé, une bonne copine, un job d'été, et je suis le plus heureux des garçons. Au fait, j'ai entendu parler d'une vente aux enchères à Greenville samedi. On pourrait y faire un saut ensemble ?

– Pourquoi pas !

À ce moment, Steve nous appela de loin.

– Il faut y aller. Tout le monde doit être là, maintenant, dis-je, en me demandant si la personne qui comptait pour moi était arrivée.

Le déjeuner commença, et tout le monde se

mit en quête de hot dogs et de hamburgers. Une fois nos assiettes pleines, Phil s'installa avec moi pour savourer son repas.

Ensuite, une bataille d'eau commença à l'autre bout de la longue table : quelques garçons s'amusaient à arroser les pique-niqueurs. Les filles se défendaient en poussant des cris et en essayant de leur envoyer de l'eau elles aussi. La bataille fut interrompue par une voix glaciale :

– Peter, espèce d'imbécile ! Regarde ma chemise ! Cette tache ne partira jamais.

Meredith était à l'autre bout de notre tablée, la chemise tachée par du jus de fruit. Peter, le responsable de ce désastre, se tenait en face d'elle, rouge comme une pivoine. Si Meredith avait le droit d'être furieuse, ma compassion allait cependant à Peter. Meredith le dévisageait froidement, Kevin, assis à côté d'elle, avait l'air embarrassé et passablement ennuyé. Elle se tourna vers lui et cria :

– Enfin, Kevin, dis quelque chose, bon sang ! Regarde ce que cet idiot a fait !

Kevin soupira. Puis il leva les yeux vers Peter et dit d'une voix traînante :

– Tu es un vilain, Peter, surtout ne recommence pas !

Tout le monde éclata de rire, et Meredith quitta la table, furieuse, suivie de ses amies.

Après cet incident, on annonça les épreuves de course.

– Quelle course ? demanda Phil.

– Course en sac, relais, course mains attachées dans le dos, énuméra Steve. C'est ce qu'on fait après les pique-niques, généralement.

Tout en débarrassant la table, je jetai discrètement un œil vers Kevin. Lui et Meredith étaient-ils aussi fâchés qu'ils en avaient l'air ? En tout cas, ils ne semblaient pas beaucoup s'amuser. « Peut-être qu'ils vont rompre, et que je tiens enfin ma chance ! » pensai-je.

– Je ne participe pas à ces jeux, dis-je à Phil quelques instants plus tard. Vas-y, toi.

– Allez, viens ! Essaie au moins la course à trois jambes avec moi !

Je ne suis pas très adroite, mais Phil avait l'air tellement content que je cédai. Il attacha sa jambe droite à ma jambe gauche avec une corde. Comme nous nous mettions derrière la ligne de départ en boitillant, je cherchai Kevin et Meredith des yeux. En fait, ils étaient juste devant nous. J'étais sûre qu'ils se débrouilleraient très bien. Le signal retentit, et nous nous élançâmes tous à travers champs en sautillant. Phil et moi nous retrouvâmes rapidement en tête. Mais, soudain, alors que nous approchions du but, mon pied libre tomba dans un trou. Ma cheville se tordit, et j'entraînai Phil dans ma chute. Il était clair que nous avions perdu. Mais je m'en fichai éperdument, car mon pied me faisait si mal que j'en avais les larmes aux yeux

– Ça va, Lisa ? demanda Phil en nous détachant immédiatement.

La plupart des garçons auraient été agacés par une cruche comme moi, qui leur aurait fait perdre la course. Lui, il semblait inquiet par ce qui m'arrivait.

– Oui, dis-je en grimaçant un sourire. Mais je ne peux pas me mettre debout. Je crois que je me suis foulé la cheville.

Professeurs et amis accoururent aussitôt. L'infirmière du lycée arriva pour examiner ma jambe, mais je la remarquai à peine, car au même moment Kevin fendit l'attroupement. Il s'accroupit et passa son bras autour de mes épaules.

– Qu'est-ce que tu as ? Oh, ma pauvre, s'exclama-t-il. Appuie-toi sur moi !

Phil se releva brusquement, et son visage

pâlit sous le bronzage. Je savais qu'il n'aimait pas Kevin, mais, à cet instant, je m'en fichais. Je me fichais également de passer pour une cruche. L'infirmière demanda aux deux garçons de me porter jusqu'à l'aire de pique-nique. Ils me firent un siège avec leurs bras, et je m'installai du mieux que je pus. Une vraie princesse !

En passant à la hauteur de Meredith, je l'entendis marmonner : « Imbécile ! » S'adressait-elle à moi ou à Kevin ? Après tout, quelle importance !

L'infirmière me fit un bandage provisoire, et je me retrouvai entourée par Kim, Kevin et Phil.

– Tu veux rentrer chez toi ? Je te raccompagne, proposa Phil avec prévenance.

– Non, merci, je vais mieux maintenant. Le match de base-ball va commencer, vous devriez y aller. Je vous regarde.

– Appelle si tu as besoin de quelque chose, lança Kevin en s'éloignant.

Phil le suivit de loin.

– Je vais finir par croire que notre star t'aime vraiment bien ! m'avoua Kim.

– « Si tu y crois très fort, ton rêve finit par se réaliser », récitai-je. C'est ma devise !

– Comme Meredith part tout l'été, tu as peut-être ta chance, concéda-t-elle. Attention, la voilà.

Meredith vint s'asseoir tout près avec ses amies sans un regard pour nous. Elle se garda bien de me demander comment allait ma cheville, et je me concentrai sur le match. Naturellement, Meredith encourageait l'équipe de Kevin, alors que Kimberley et moi soutenions Phil. Ce fut l'équipe de Kevin qui remporta la partie. Bientôt, la fête fut terminée. Phil conduisit prudemment sur le chemin du retour. Finalement, la journée avait été plutôt réussie. Même la douleur à la cheville me paraissait surmontable.

– Tu veux que je t'emmène chez le médecin ? demanda Phil.

– Non, c'est gentil. Ma mère aura sûrement un bon vieux remède pour une entorse, plaisantai-je.

Tout à coup, je pensai aux conséquences de mon accident :

– Phil, comment va-t-on faire pour la vente de samedi ?

– Ne t'inquiète pas. Ton fidèle assistant te remplacera si tu ne peux pas marcher.

Il freina devant la maison et se tourna lentement vers moi.

– Bon… Tu te débrouilleras, ou je dois encore te porter ?

– Je ne vais pas t'infliger ça une nouvelle fois ! fis-je en riant.

– Ce n'est pas pour me déplaire, tu sais…

Soudain, il se pencha vers moi et déposa un baiser sur mes lèvres.

Cette fois-ci, je ne le repoussai pas. Il était si gentil et tellement attentionné ! Je lui rendis son baiser, mais lorsque je fermai les yeux, ce fut l'image de Kevin qui apparut sous mes paupières.

Chapitre 7

Le lendemain, il plut toute la journée. J'avais très mal au pied, et j'étais épuisée. Mes parents décidèrent que je me reposerais quelques jours et que Phil me remplacerait au magasin.

– Mais, papa ! protestai-je. Phil ne connaît pas tous les prix, et il n'a pas l'habitude d'être seul là-bas !

– Les prix sont marqués sur les livres, répondit mon père. Et s'il a un doute, il n'aura qu'à t'appeler. Il faut ménager ta jambe si tu veux remarcher vite !

En attendant de me remettre, je restai cloîtrée chez moi, le moral au plus bas. Les vacances commençaient mal ! Si au moins j'avais eu un coup de fil de Kevin ! Malheureusement, il ne donna pas signe de vie.

Kimberley passait chaque jour, avec des magazines et des pâtisseries. Toujours de bonne humeur, elle me tenait au courant de ce qui se passait, ce qui me faisait du bien car je me sentais coupée du monde. Le jeudi, elle m'annonça :

– Meredith est partie pour l'Europe.

– C'est pas vrai ! m'exclamai-je en me redressant d'un bond.

– Si, sa mère l'a dit à la mienne.

Je restai pensive un moment. Kevin et Meredith s'étaient beaucoup disputés ces derniers temps. Kevin lui en voulait-il à cause de ce voyage en Europe ? Parce qu'elle partait avec un copain de son frère ?

– En tout cas, il ne m'a pas téléphoné, maugréai-je.

– Sois patiente, me conseilla Kim. Quand il y verra plus clair, il s'apercevra que tu es faite pour lui. Et puis, tu sais ce qu'on dit : « Loin des yeux, loin du cœur ! »

J'éclatai de rire, imitée par Kim. Elle trouvait toujours les mots pour me remonter le moral ! Après son départ, j'annonçai à ma mère mon intention de retourner travailler.

– Tu es sûre que tu peux ? s'inquiéta-t-elle. Il ne faut pas négliger une entorse, ma chérie…

– Maman, je vais devenir folle à force de rester enfermée ! protestai-je. J'irai au magasin, mais j'éviterai le plus possible de marcher, c'est promis.

Le samedi, mon père donna à Phil une liste d'objets à acquérir à la vente aux enchères. Maman m'installa une table sur la terrasse du magasin avec de l'eau, de l'aspirine et des petits gâteaux. Puis mes parents partirent pour Rochester, et Phil pour la vente aux enchères. Je m'occupai en répertoriant les auteurs que nous avions en stock. Quelques clients passèrent, et j'arrivai à me déplacer tant bien que mal. Les gens se montraient très compréhensifs. À un moment creux, j'entrepris de transcrire ma liste sur des fiches, une par auteur. Si j'avais eu un ordinateur, tout aurait été plus rapide ! Mais il n'était pas question d'envisager une telle dépense pour le moment. J'étais complètement absorbée dans mon travail quand une voiture s'arrêta devant le magasin. Je relevai la tête machinalement, et mon cœur fit un bond : c'était Kevin !

– Salut, Lisa. Je voulais voir comment tu allais, annonça-t-il en sortant de voiture. J'aurai dû t'appeler pour te prévenir, mais ces derniers jours ont été un peu mouvementés.

En clair, il avait consacré tout son temps à Meredith avant son départ, ou bien ils s'étaient disputés justement à cause de son départ, mais ça m'était égal. Il était là, face à moi, et c'était tout ce qui comptait.

– Comment savais-tu que j'étais là ? demandai-je alors qu'il s'installait à côté de moi.

– Je suis passé chez toi, mais il n'y avait personne, alors je me suis dit que tu étais sûrement ici.

Nous discutâmes un moment, agréablement, car Kevin était très à l'aise et sûr de lui, avec toujours quelque chose à dire, qualité que je lui enviais. Moi, je n'étais détendue qu'avec mes amis. Avec des gens comme Meredith ou même Kevin, qui étaient chez eux partout, qui avaient beaucoup voyagé, j'avais tendance à me replier sur moi-même.

– Au fait, lança Kevin au détour de la conversation, tu sais que je sortais avec Meredith ?

– Ou… oui, balbutiai-je, nerveuse.

– On s'est pas mal disputés ces derniers temps.

– Ah.

Je ne trouvai rien d'autre à dire. Je n'allais pas lui avouer que j'étais au courant de ses moindres faits et gestes ! Il sourit, et je n'eus pas l'impression qu'il était malheureux.

– Nous avons rompu avant son départ, conclut-il.

Incroyable, mon rêve devenait réalité ! J'en aurais sauté de joie. Au lieu de ça, je murmurai poliment :

– Je suis désolée.

– Oh, je vais survivre ! On n'avait pas grand-chose en commun, elle et moi.

« Tant mieux », me dis-je.

– Tu voudrais qu'on dîne ensemble samedi prochain ? enchaîna-t-il.

– Avec plaisir, répondis-je en lui souriant.

– Super ! Tu sais, depuis le jour où je suis venu ici pour acheter un cadeau à ma mère, je n'arrête pas de penser à toi. Tu es tellement… positive, tellement enthousiaste ! La plupart des filles se plaignent tout le temps !

Incapable de prononcer le moindre mot je me contentai de lui sourire béatement. Et puis, je n'allais pas lui avouer que moi, je pensais à lui depuis beaucoup plus longtemps !

Il se pencha et toucha mes cheveux ébouriffés.

– Tes cheveux sont si doux, et ta coiffure si joliment démodée, un peu comme toi.

– Je ne sais pas si je dois le prendre comme un compliment, rétorquai-je en riant.

– Crois-moi, c'en est un, murmura-t-il.

Il se pencha vers moi et m'embrassa, tout légèrement, comme pour ne pas m'effrayer. Un merveilleux baiser, le meilleur qu'on m'ait jamais donné.

– Tu es tellement douce, Lisa ! chuchota-t-il. C'est agréable d'être avec une fille qui est elle-même à cent pour cent.

Il s'apprêtait à m'embrasser encore lorsqu'une voiture se gara devant la librairie.

– Un client, soupirai-je en le repoussant à regret.

Le client en question n'était autre que Phil, qui montait les marches quatre à quatre, le visage rayonnant. Ignorant Kevin, il se mit à raconter sa matinée avec fébrilité.

– Attends de voir ce que j'ai rapporté. J'ai

trouvé de super livres pour enfants !

– C'est génial, Phil ! Je savais que tu allais nous être précieux.

– Phil travaille avec toi, Lisa? demanda Kevin, qui ne semblait pas spécialement ravi.

Phil fit mine de s'apercevoir enfin de sa présence et répondit froidement :

– Je suis son bras droit. Et pas seulement le bras ! dit-il en désignant mon pied. Je suis aussi les jambes de cette entreprise en ce moment.

– Lisa a une sacrée chance de t'avoir ! commenta Kevin, un peu ironique.

Je me sentis comme une héroïne de film. Ces deux beaux garçons étaient en train de parler de moi ; ils semblaient ne pas s'aimer beaucoup, et j'en étais la raison. Cela me donna une sensation de puissance toute nouvelle pour moi.

– Bon, je dois y aller, finit par dire Kevin en consultant sa montre. Prends soin de toi, Lisa. On se voit samedi prochain? Je passe te prendre vers 20 heures.

Et il me lança un sourire craquant.

– D'accord, répondis-je dans un souffle.

Il s'éloigna, et je me tournai vers Phil. Il était déjà occupé à décharger la voiture. Toute joie l'avait quitté, et il n'était pas difficile de deviner pourquoi. Kevin lui avait gâché sa bonne humeur. Je me sentis coupable ; mais, en même temps, je n'avais jamais prétendu vouloir sortir avec Phil Bradley ! Pourtant, je m'étais laissé embrasser... Tout à coup, je fus toute triste pour lui : je savais bien ce que c'était d'être amoureux de quelqu'un qui ne voulait pas de vous.

Phil leva la tête et me surprit en train de l'observer. Son visage se décomposa :

– Qu'est-ce qui se passe, Lisa ? Tu pleures ?

Je m'aperçus que mes yeux étaient pleins de larmes, des larmes d'émotion.

– C'est mon entorse qui me lance, c'est tout, répondis-je précipitamment.

Chapitre 8

La semaine s'annonçait mortellement longue, même si ma cheville se remettait bien. Le mardi, nous réfléchissions avec Phil au moyen d'attirer plus de clients ; mais la seule chose qui comptait vraiment, c'était mon rendez-vous avec Kevin le samedi soir. « Pourquoi moi ? n'arrêtais-je pas de m'interroger. Qu'ai-je fait pour mériter son intérêt ? »

– Alors, tu as des idées pour nous faire un

peu de pub, Lisa? demanda Phil, toujours aussi pragmatique.

J'étais en train de rêvasser, me voyant déjà dans les bras de Kevin.

– Hein? Qu'est-ce que tu disais?

– Ohé, on se réveille! Ton affaire va se casser la figure si tu es toujours dans la lune.

Phil aurait été déçu s'il avait su à quoi je pensais. En même temps, il devait bien se douter de quelque chose.

– Eh bien, j'y ai beaucoup pensé, figure-toi, dis-je de ma voix la plus professionnelle. On pourrait mettre un joli panneau en bois à l'entrée de la ville. Beaucoup de touristes feraient le détour s'ils étaient au courant.

– Bonne idée, mais il nous faut une autorisation du maire.

Ce soir-là, mon père appela la mairie, qui donna son accord. Le lendemain, Phil s'était procuré le bois, un marteau et des clous. Il confectionna un beau panneau à l'ancienne et peignit dessus le nom du magasin et la direction à prendre.

Les clients se montrèrent un peu plus nombreux après la pose du panneau. Phil avait très bien travaillé, et j'appréciais son aide. Et comme je boitillais toujours, il me donnait un sacré coup de main. Mes parents l'aimaient beaucoup. Un jour, ma mère proposa de l'inviter à dîner, ainsi que Kim et Steve. Je voulus protester, car je savais très bien qu'elle essayait de nous caser ensemble. Mais comme je ne voulais pas parler de Kevin, je me ravisai. Mes parents étaient au courant pour mon rendez-vous avec Kevin le samedi, et n'avaient rien eu contre, mais dans le fond je me doutais que ça ne leur plaisait pas vraiment. Ils trouvaient que Kevin était beaucoup trop branché. C'était mal le connaître. Il était gentil et pas prétentieux du tout.

Le samedi arriva enfin. Je fermai le magasin à six heures tapantes, et j'attendis avec impatience que Phil rassemble ses affaires. Même si ma cheville était rétablie, il avait insisté pour me raccompagner. Je me forçai à lui faire la conversation, alors que je n'avais qu'une envie : être chez moi, prendre une douche et me préparer pour mon rendez-vous. Dès que la voiture s'arrêta devant la maison, j'ouvris la portière.

– Merci de m'avoir ramenée. On se voit lundi ! dis-je en sortant hâtivement.

– D'accord. Passe un bon week-end.

Il avait l'air malheureux, mais je le chassai de mes pensées. Je montai dans ma chambre en vitesse pour me préparer. Dîner à huit heures ! Ça sonnait drôlement bien ! C'était si… adulte, si classe. Je me demandais où nous irions, puis décidai de m'en remettre à Kevin.

Je pris une longue douche, me lavai les cheveux, que je laissai au naturel. Puis j'enfilai une robe longue en lin. Après m'être maquillée un peu plus que d'habitude, je mis des boucles d'oreilles offertes par ma mère. Comme il était seulement sept heures, j'appelai Kim.

– Alors ? Prête pour ton dîner ? demanda-t-elle.

– J'ai fait ce que j'ai pu. Si seulement j'avais l'air moins ordinaire ! soupirai-je.

– Laisse tomber ! fit mon amie en riant. Toi et moi, on n'est pas des top models ! Peut-être que ça viendra un jour, qui sait ?

– Alors, il faut que ça se dépêche : mon rendez-vous est ce soir !

Kim me raconta qu'elle avait aperçu Phil au drugstore. Elle l'avait trouvé un peu triste. J'en eus mauvaise conscience quelques instants. Mais j'étais bien incapable de penser à lui plus de deux minutes. J'étais trop excitée à l'idée de la soirée qui s'annonçait. J'abrégeai ma conversation, puis m'assurai que rien ne clochait dans ma tenue.

Quand on sonna à la porte, mon cœur fit un bond, et je dus m'obliger à respirer lentement. Je voulais paraître sereine en descendant les marches. « Calme-toi, c'est seulement un premier rendez-vous, Lisa », me sermonnais-je. Je n'étais pas nerveuse le soir où Phil m'avait emmenée chez Polly manger une glace, alors...

Mais je ne pouvais pas me permettre de me comporter ainsi avec Kevin. Maman m'appela d'en bas, et je descendis les escaliers aussi naturellement que possible.

– Tu es superbe, Lisa ! s'exclama Kevin, qui m'attendait dans l'entrée.

Lui aussi était très beau ce soir-là. Sa chemise blanche mettait en valeur ses cheveux bruns et ses yeux noirs ; il portait même une cravate ! Rien à voir avec les autres garçons du lycée. La plupart d'entre eux auraient préféré mourir plutôt que d'enfiler un costume, sauf pour les grandes occasions ; alors, pour sortir avec une fille...

Je lançai un regard triomphant à ma mère. Elle aussi semblait impressionnée. Elle l'avait mal jugé, uniquement à cause des ragots. Et dire que c'était elle qui m'avait appris à ne pas avoir de préjugés !

– Soyez prudents sur la route, recommanda-t-elle.

Kevin m'ouvrit la portière de la voiture de son père. Être à ses côtés dans une grosse voiture me donna l'impression d'être différente. Ma robe, mes sandales blanches, mon maquillage me faisaient me sentir plus féminine, plus adulte, plus intégrée dans le monde de Kevin. Mon conte de fées se réalisait enfin !

Il m'emmena dans un restaurant chic avec vue sur le lac.

– C'est très joli, Kevin ! m'exclamai-je une fois que nous fûmes installés à table. C'était une bonne idée, de m'emmener ici !

– Je voulais un endroit inoubliable pour notre premier rendez-vous, répondit Kevin en me prenant la main.

– C'est réussi.

Notre premier rendez-vous ! Ça voulait dire qu'il en prévoyait d'autres ? J'aurais voulu que cet instant dure toujours, qu'il ne lâche jamais ma main.

On nous servit un délicieux repas, que je savourai avec gourmandise, sous le regard gentiment moqueur de Kevin. Ensuite, il m'emmena au cinéma voir un film de Woody

Allen. Pendant toute la séance, il garda ma main dans la sienne.

– J'ai adoré ce film ! dis-je en sortant de la salle.

– Oui, Woody Allen est marrant, mais je préfère les films d'action.

– J'aime le cinéma, mais ce que j'adore plus que tout, c'est passer une soirée plongée dans un bon bouquin, affirmai-je.

– La vraie vie n'est pas dans les livres, Lisa.

En temps normal, j'aurais bondi à cette réflexion. Peu m'importait où était la vraie vie ! Moi, j'aimais la liberté et l'évasion que m'apportait la lecture. Ne voulant pas gâcher la soirée, je me tus, et Kevin ajouta :

– Tu crois que tu pourras t'arracher à tes livres et à ta chère librairie pour sortir avec moi samedi prochain ?

– Je crois que c'est envisageable, fis-je sur le même ton, alors que je me retenais de sauter de joie.

Nous étions dans le hall du cinéma lorsque je tombai nez à nez avec Phil, accompagné d'une jolie fille.

– Oh, salut, Lisa ! Que le monde est petit !

dit-il avec un sourire crispé à l'attention de Kevin.

Puis il nous présenta son amie, Betsy Farrell. Elle était blonde comme les blés, plutôt petite, l'air timide mais sympathique. Je fus surprise de sentir comme un pincement au cœur. J'avais imaginé que Phil passerait la soirée à jouer aux jeux vidéo avec son frère. Je ne m'attendais pas à ce qu'il sorte avec une fille ! Il était drôlement mignon, avec son jean et son polo bleu, qui faisait ressortir ses yeux.

La conversation se tarit rapidement. Il y avait comme un malaise. J'aurais voulu disparaître, ce que je fis en prétextant un détour aux toilettes. Le miroir me renvoya une image méconnaissable. Je tentai d'atténuer mon maquillage, qui me paraissait tout à coup trop voyant et trop sophistiqué. Je n'avais plus qu'une envie : rentrer chez moi, être seule dans ma chambre.

Que m'arrivait-il ? J'avais passé des moments merveilleux jusqu'à ce que je voie Phil et Betsy. Pourquoi étais-je jalouse que Phil s'amuse de son côté ? J'eus honte de mes pensées. J'étais épuisée, à force d'essayer de me comporter comme la petite amie de Kevin. Lorsque je retournai dans le hall, Phil et Betsy n'étaient plus là. Une fois sur le parking, Kevin m'attira à lui et pressa ses lèvres chaudes contre les miennes. Les baisers que j'avais connus avant n'étaient rien comparés aux siens, et cela me rassura.

Kevin roula à vive allure sur la nationale, qui était étroite et mal éclairée. Je voulais qu'il ralentisse, mais je n'osai rien dire. Il conduisait avec décontraction, un bras m'entourant l'épaule, et je finis par me détendre. J'étais heureuse, je n'aurais échangé ma place pour rien au monde.

Puis il s'arrêta devant la maison, et ce fut l'heure de se quitter. Déjà !

– Merci pour cette soirée, soufflai-je dans la pénombre du véhicule.

– C'est moi qui te remercie, Lisa. J'ai savouré chaque instant, surtout celui-ci, dit-il en m'embrassant de nouveau.

Il se fit plus pressant, et je le repoussai doucement :

– Il est tard, je ferais bien de rentrer.

– Je… je t'aime beaucoup, tu sais, balbutia-t-il.

Il caressa ma joue, et je frissonnai.

– Je t'aime beaucoup, moi aussi, murmurai-je.

J'aurais voulu dire « je t'aime » tout court, mais c'était prématuré pour un premier rendez-vous. Et puis, je ne savais pas si je le pensais vraiment.

– Je passerai au magasin dans la semaine.

Je sortis de la voiture et rentrai chez moi d'un pas léger. J'avais l'impression d'être une héroïne de comédie musicale qui danse de bonheur. Je montai silencieusement jusqu'à ma chambre pour ne pas réveiller mes parents, et m'allongeai sur mon lit sans même allumer la lumière. Je voulais garder précieusement les souvenirs des baisers de Kevin.

Chapitre 9

Le lundi, je retrouvai Phil au magasin. Aucun de nous n'évoqua notre rencontre du samedi au cinéma, comme si, implicitement, nous étions convenus de ne pas parler de nos petits amis respectifs. Du coup, la situation était bizarre. Depuis que je connaissais Phil, nous n'avions quasiment pas de secrets l'un pour l'autre. Étions-nous jaloux l'un de l'autre ? Je chassai cette pensée idiote. Moi, du moins, je n'avais aucune raison de l'être.

j'avais toujours rêvé de sortir avec Kevin, et voilà que mon vœu se réalisait.

– Demain, il y a une vente de biens à Newfield. Tu veux y aller ? me proposa Phil.

– Si ma mère peut prendre le relais, je viens avec toi.

J'avais envie d'y aller, même si l'idée de manquer Kevin, au cas où il passerait à l'improviste au magasin, m'ennuyait.

Quand je montai avec Phil dans la vieille voiture de sa mère le lendemain, j'étais aux anges. C'était la première fois que j'allais à une vente sans mon père. Jusqu'à présent, c'était lui qui avait toujours décidé de tout.

Contrairement à Kevin, Phil conduisait prudemment, et je me sentais plus en sécurité avec lui sur les petites routes de campagne. Nous n'arrivâmes pas les premiers, mais c'était sans importance, car nos moyens étaient limités et nous avions l'intention de nous contenter d'objets à bas prix vendus sous des tentes. L'endroit était charmant, et il y régnait une atmosphère conviviale. Je regardai Phil, un sourire jusqu'aux oreilles. Nous n'avions pas besoin de nous parler ; nous vivions une journée exceptionnelle, et il fallait profiter de l'instant présent.

Phil fureta dans les vieilles cartes postales, les bibelots en tous genres, tandis que j'achetai des bijoux fantaisie et des paniers, des articles que nous étions sûrs de vendre. Phil revint d'une expédition avec des caisses de livres qu'il avait payés trois fois rien. Nous étions ravis de nos trouvailles, qui remplirent le coffre de la voiture.

– Je suis sûre que je vais adorer être propriétaire d'une librairie, Phil !

– Et moi, j'aime déjà être assistant de la propriétaire, répondit-il.

Il était beau avec ses cheveux blonds et son teint hâlé. Finalement, ça ne devait pas être difficile de tomber amoureuse de lui ! Je me demandai si Betsy tenait beaucoup à lui. Et lui, était-il amoureux d'elle ? Je voulus le lui demander, mais je n'osai pas. Il n'avait pas posé une seule question sur Kevin, donc je ne pouvais pas me montrer indiscrète.

Sur le trajet du retour, il ne fut question que de nos achats. Nous étions impatients de les déballer.

– C'est tous les jours Noël dans ce métier, Phil. J'adore ! Je crois que mon destin, c'est être sans le sou toute ma vie, et vendre des livres.

– C'est un beau programme, je trouve !

Il marqua une pause en m'observant silencieusement. Puis il reprit :

– Moi, j'aimerais bien devenir écrivain.

C'était la première fois qu'il m'en parlait, et je fus flattée et un peu émue qu'il partage son secret avec moi.

– Ce serait super ! l'encourageai-je. Je vendrais tes livres.

Au fur et à mesure que nous nous rapprochions du magasin, je sentis l'angoisse monter. J'étais impatiente de rentrer pour voir si Kevin était passé en mon absence. Le temps commença à me sembler long, et je ne prêtais plus attention à Phil. Moi, si bavarde d'habitude, je me taisais, songeuse.

– Parfois, on a l'impression que tu n'es plus là, Lisa. Ça fait une demi-heure que tu ne dis rien, remarqua Phil, contrarié.

J'eus l'impression d'être prise en faute, et je répondis brutalement :

– Arrête de m'analyser sans cesse, Phil. J'ai quand même le droit de réfléchir de temps en temps.

Son visage vira au rouge et il pinça les lèvres. Il était vexé.

– Excuse-moi, dit-il avec raideur.

Le reste du trajet se fit dans un silence lourd. Quand la voiture s'arrêta devant le magasin, j'aperçus Kevin qui discutait avec ma mère. D'une certaine façon, je savais qu'il serait là. Phil me lança un regard sans équivoque : il avait compris la raison de mon absence. Il salua ma mère et Kevin comme si de rien n'était, puis se mit à décharger la voiture, aidé par Kevin.

Une fois dans le magasin, je me ruai à la salle de bains pour m'arranger un peu. Ensuite, je proposai à boire aux garçons.

– Un soda, s'il te plaît, dit Kevin.

– Rien pour moi, merci. Je vais rentrer, si tu n'as plus besoin de moi, Lisa.

Phil se montra courtois, mais je le connaissais suffisamment pour savoir qu'il était blessé, ou furieux, ou les deux à la fois. Étrangement, je sentis ma gorge se serrer. Je n'avais pas voulu lui faire de la peine. C'était mon ami le plus proche. Malgré cela, je ne le retins pas.

Chapitre 10

Mon histoire avec Kevin devenait de plus en plus sérieuse. Je le voyais deux ou trois fois dans la semaine. J'avais l'impression d'être une héroïne de roman anglais, le genre d'histoire où une pauvre gouvernante rencontre un bel homme richissime qui finit par tomber amoureux d'elle. Je trouvais tellement romantique que le héros quitte la fille riche et snob pour une autre, bien plus simple ! Au début, elle était plutôt ordinaire, mais l'amour la rendait magnifique. Bien sûr, dans mon film, Meredith jouait le rôle de la fille snob, et moi celui de Cendrillon.

Fréquenter Kevin provoqua quelques changements chez moi. D'abord, je me mis à me maquiller la journée ; ensuite, j'abandonnai les jeans et les T-shirts au profit de jupes et de petits hauts. Parfois, Kim me faisait des remarques embarrassantes sur mon nouveau look. Je répondais toujours sur la défensive.

– Je t'ai dit que je voulais changer de style. Et puis, Kevin n'a pas l'habitude de sortir avec des souillons, figure-toi.

En réalité, Kevin était habitué à des filles comme Meredith, genre mannequin. Et je ne voulais pas qu'il ait honte de s'afficher en ma compagnie ! Pourtant, il ne m'avait jamais fait sentir que j'étais moins bien que Meredith. Il s'occupait de tout à la perfection, et chacune de nos rencontres était réussie. Je découvris que sa conception d'une bonne soirée se résumait à un dîner dans un restaurant coûteux, et ensuite, le plus souvent, un cinéma. À chaque fois, notre rendez-vous se terminait par de longs baisers dans sa voiture. Parfois, on se voyait aussi dans la journée. Il débarquait au magasin et usait de tout son charme pour m'entraîner à sa suite :

– Peux-tu confier la librairie à ton assistant ? Je t'emmène faire un tour.

J'adorais nos excursions dans la campagne, j'aurais aimé que cela ne cesse jamais. Pourtant, le retour de Meredith jetait une ombre sur ce tableau idyllique.

Par contre, je ne me faisais aucun souci pour la librairie. Phil se débrouillait très bien. Il était parfaitement capable de me remplacer aux ventes ; mais la plupart du temps nous y allions ensemble. Nous passions des heures à fouiller pour dénicher de petits trésors. Nous étions sur la même longueur d'ondes, dans ce domaine, et je me rapprochais de lui. Nous avions tant de choses en commun !

Je ne vis pas l'été passer, entre les sorties avec Kevin, le travail au magasin, les salles de vente… La fin du mois d'août arriva. Un soir où Kevin devait m'emmener en discothèque, je m'observais dans la glace tout en me préparant : je n'étais plus la même fille qu'au début des vacances. J'étais plus mince, mes joues étaient un peu creuses, à cause du manque de sommeil. J'avais l'air plus mûre, et plus branchée. Pour la soirée en boîte, j'avais acheté une robe noire un peu décolletée. Ma mère n'était pas enchantée que je la mette :

– Ça te vieillit beaucoup, c'est trop sexy !

Devant ma mine boudeuse, elle admit en soupirant :

– D'accord, ça te met en valeur ! Je ne peux pas te reprocher de l'avoir achetée. N'importe quelle fille veut sa robe noire ; moi aussi, j'en voulais une à ton âge. Mais je déteste te voir grandir si vite !

La robe avait un chic fou : je l'assortis à des chaussures à talons qui me faisaient affreusement mal aux pieds. Mais le résultat en valait la peine. Kevin ne put retenir un sifflement admiratif quand il me vit :

– Tu es bien trop élégante pour cet endroit ! Tu ferais un tabac à New York !

– C'est déjà bien que me parents me laissent aller en boîte ici.

Kevin éclata de rire et passa la tête au salon pour dire bonsoir à mes parents et leur promettre que nous ne rentrerions pas trop tard. Il savait toujours quoi leur dire, il était poli et sûr de lui.

Comme tous les samedis soir, Kevin avait la voiture de ses parents. Je commençais à comprendre qu'il aimait vivre à cent à l'heure.

Pour preuve, sa façon de conduire : parfois, j'étais terrifiée, mais je n'osai pas lui demander de ralentir. Je ne voulais pas passer pour la petite provinciale peureuse que j'étais en réalité !

La boîte de nuit était très fréquentée par les gens de la ville et des environs. Elle était bondée. Même si je n'aime pas trop la musique très forte, je fus assez rapidement dans l'ambiance.

– Je ne suis pas très bonne danseuse, tu sais, dis-je à Kevin, qui m'avait entraînée sur la piste.

Nous étions en train de prendre un verre quand quelqu'un interpella Kevin. C'était Sharon James, une des meilleures amies de Meredith. Elle me regarda à peine. Kevin se mit à discuter avec son copain, Tony ; mais je restai silencieuse, car Sharon et moi n'avions rien à nous dire. Enfin, il y eut une pause dans la conversation et je m'apprêtais à regagner la piste de danse lorsque le visage de Sharon s'éclaira :

– Au fait, Kevin, tu sais que Meredith rentre la semaine prochaine ? Elle m'a écrit qu'elle comptait faire une fête pour le départ de son frère à l'université. « Et son charmant colocataire », tel était le sous-entendu.

– Super, répondit Kevin. J'espère qu'elle nous invitera, Lisa et moi.

Sharon en resta bouche bée ; visiblement, elle ne s'attendait pas à ce genre de réponse !

– Oui, elle doit inviter tous ses vieux amis. Tu viens, Tony ? On va danser.

Après leur départ, nous aussi nous retournâmes sur la piste. Il me sembla que Kevin était plus distant. Une boule se forma dans ma gorge. Ma confiance en moi retomba immédiatement. N'avais-je été qu'un intermède d'été pour Kevin ? Le fait de voir une amie de Meredith l'avait-il ramené à la réalité ?

Nous dansions depuis une demi-heure quand, soudain, Kevin proposa :

– On y va ? C'est mortel, ici.

– Si tu veux, réussis-je à répondre.

J'avais peur de fondre en larmes ; par chance, il ne remarqua rien.

D'habitude si volubile, ce soir-là, sur la route, Kevin ouvrit à peine la bouche. Il ne me proposa même pas d'aller prendre un verre quelque part. Je n'existais plus pour lui. Il roulait de plus en plus vite ; j'étais terrorisée.

– Kevin, ralentis ! m'écriai-je à un moment.

Tu vas beaucoup trop vite, on va se tuer !

Il me regarda comme s'il venait de s'apercevoir de ma présence :

– Désolé.

Je voyais bien qu'il faisait un effort pour rester poli.

– Je ne voulais pas te faire peur, Lisa. C'est juste que je pensais à autre chose.

Je n'osais pas poser la question qui me brûlait les lèvres : pensait-il à Meredith ? Et s'il disait oui ? De quoi aurais-je l'air ?

Il ralentit légèrement, et je me détendis un peu. La sensation de peur physique était passée, mais mon esprit était engourdi. Une fois devant chez moi, il me planta un rapide baiser sur la joue et marmonna :

– Bonne nuit. À un de ces jours.

Et, avant que j'aie eu le temps de lui dire au revoir, il démarra. J'étais en train de mettre la clé dans la serrure quand une silhouette surgit dans mon dos, me faisant sursauter.

Je laissai échapper un soupir de soulagement lorsque je reconnus Phil :

– Qu'est-ce que tu fais là ? Tu m'as fait une de ces peurs !

Il était livide et paraissait furieux. Je ne l'avais jamais vu dans cet état.

– Tu n'avais pas l'air d'avoir peur tout à l'heure ! cria-t-il. J'ai croisé la voiture de Kevin sur la route, et je t'ai vue à l'intérieur. Il roulait comme un dingue ! Alors, je vous ai suivis… au cas où vous finiriez dans un fossé.

– Je n'ai pas besoin d'un baby-sitter, Phil ! criai-je à mon tour, sous le coup de la colère. Kevin sait parfaitement ce qu'il fait. Tu n'as pas à t'inquiéter pour moi !

Jamais je ne lui aurais avoué que Kevin m'avait fichu la peur de ma vie en conduisant aussi vite.

Phil me regarda sans mot dire, puis il déclara froidement :

– Désolé, apparemment je me mêle de ce qui ne me regarde pas.

Et il disparut dans la nuit.

Je rentrai chez moi, montai les escaliers, puis m'écroulai sur mon lit, en larmes.

Chapitre 11

Lorsque je descendis le lendemain matin, il flottait dans la maison une délicieuse odeur de pain grillé et de café.

– Tu as les yeux cernés, dit ma mère. Tu es rentrée tard ?

Elle m'avait peut-être entendue me disputer avec Phil et se demandait ce qui se passait. Mais si je lui avais dit la vérité au sujet de la conduite de Kevin, elle ne m'aurait plus laissée sortir avec lui.

– Pas trop. On a passé une bonne soirée.

Je n'avais pas beaucoup d'appétit, mais ma mère m'obligea à prendre un bon petit déjeuner. En faisant la vaisselle, je réfléchis à Kevin et à son comportement, et aussi à Phil, qui devait m'en vouloir. La sonnerie du téléphone m'arracha à mes sombres pensées. J'allai décrocher.

– Lisa, c'est Phil.

Nous nous excusâmes en même temps, ce qui nous fit éclater de rire.

– Je suis vraiment désolée, Phil. C'est vrai, Kevin roulait beaucoup trop vite, mais je ne voulais pas que tu te croies indispensable. Je suis une grande fille, tu sais.

– Tu as raison, je n'aurais pas dû t'agresser, alors que tu es rentrée saine et sauve. Mais j'étais en colère contre Kevin. C'est trop dangereux, de foncer comme ça !

Après ces explications, nous discutâmes encore un peu et, quand j'eus raccroché, je me sentis bien mieux. Phil était un merveilleux ami, facile à vivre. Sa conversation n'était pas aussi mondaine que celle de Kevin, mais lui, il était naturel.

Il passa me chercher une heure plus tard. Comme il faisait encore chaud, j'avais mis un nouveau short blanc et un T-shirt rayé.

– Tu es superbe, Lisa, dit-il.

– Merci, toi aussi.

Et c'était la pure vérité, même s'il portait un vieux jean et un T-shirt marin. Ses cheveux blonds lui tombaient sur le front, et ses yeux étaient tellement bleus ! Kevin avait des traits plus classiques, une beauté plus conventionnelle ; mais Phil avait un charme fou, et il plaisait à des tas de filles. Avec une pointe de jalousie, je pensai à Betsy Farrell. Puis je me repris. « Tu ne veux pas sortir avec lui, songeai-je, et tu ne veux pas non plus qu'il sorte avec quelqu'un. Ce n'est pas logique et c'est très égoïste. »

Ce jour-là, la librairie ne désemplit pas. Vers la fin d'après-midi, Kim me téléphona.

– Ça fait des jours que je n'ai pas de tes nouvelles ! dit-elle sur un ton de reproche.

– Excuse-moi, dis-je d'une voix coupable. J'ai été assez prise avec Kevin ces derniers temps.

D'habitude, elle me lançait une petite pique gentille à ce sujet ; rien. Je sentis comme une désapprobation dans son silence. Était-ce parce que, Kevin et moi, on ne sortait jamais avec elle et Steve ? J'avais bien proposé à

Kevin qu'on se voie tous les quatre, mais il avait refusé à chaque fois.

– Au fait, Mme Kramer, l'agent immobilier, est passée chez nous. Elle cherchait tes parents. À mon avis, elle est en chemin, ajouta-t-elle avant de raccrocher.

La nouvelle m'inquiéta. Mme Kramer avait-elle trouvé un acheteur? Jusqu'ici il n'y avait eu aucune offre sérieuse. Mon père serait peut-être obligé de vendre, surtout si quelqu'un proposait un bon prix. Je ne pensais pas avoir perdu de l'argent, mais je n'avais pas regardé les comptes de près.

Je n'eus pas le temps d'en parler à Phil, car Mme Kramer était déjà à la caisse en compagnie d'un petit homme chauve.

– Bonjour, Lisa, je vous présente M. Brunswick, annonça-t-elle. Il souhaite monter un commerce dans une petite ville comme la nôtre.

Je ne trouvai rien à répondre. Ça avait l'air sérieux, et je vis mes rêves partir en fumée.

– Vos parents sont là, Lisa?

– Non, ils sont en ville, répondis-je vivement.

– Eh bien, M. Brunswick va visiter quand même.

Tandis qu'elle lui montrait les lieux, je regrettais que l'endroit ne soit pas dans un désordre épouvantable. Hélas ! Depuis plusieurs semaines, Phil et moi nous donnions un mal fou pour que tout soit parfaitement rangé.

Ce magasin était à mon père, et avant lui à mon grand-père. « Et maintenant, je veux qu'il m'appartienne ! » aurais-je voulu crier.

Comme je ne pouvais rien dire, je sortis rejoindre Phil. Il essaya de me remonter le moral.

– Ne t'en fais pas. Le magasin n'est pas encore vendu. Et puis, on s'est bien débrouillés, cet été, ton père changera peut-être d'avis. Je sais que ce n'est pas ton truc, mais j'ai regardé les comptes, et on a fait des bénéfices, patronne adorée.

Il rougit comme s'il venait de dire une bêtise. Je commençai par éclater de rire, puis j'eus une impulsion soudaine et demandai sans réfléchir :

– Betsy Farrell, c'est ta petite amie ?

Pendant une minute qui me parut une éternité, il resta silencieux.

– Je suis sorti avec elle une ou deux fois, avoua-t-il.

Je fus frappée tout à coup de voir à quel

point Phil et moi avions perdu notre complicité. J'éprouvai un sentiment de tristesse et de solitude. Comme s'il l'avait perçu, Phil demanda prudemment :

– Je sais que tu sors avec Kevin, et je ne veux pas m'imposer. Mais… euh… que dirais-tu d'aller voir un film, cette semaine ? Ils passent *The shop around the corner* au cinéma d'art et d'essai.

– Avec plaisir.

À cet instant, Mme Kramer et M. Brunswick apparurent sur le seuil du magasin.

– Pourrez-vous dire à votre père que je souhaiterais le voir demain ? M. Brunswick est très intéressé, annonça-t-elle.

Phil et moi, on se regarda, complètement abasourdis, tandis que le couple montait dans une voiture.

Je sentis les larmes me picoter les yeux ; j'essayai de me retenir ; en vain. J'éclatai en sanglots.

– Ne pleure pas, Lisa, je t'en supplie, dit Phil d'une voix sourde. Ça va s'arranger.

Il me tendit un mouchoir et, pendant une seconde, je pensai qu'il allait me prendre dans ses bras. Mais rien ne se passa. Il me laissa pleurer tout mon soûl.

Je devais avoir les yeux rouges et l'air affreux, mais je m'en fichais.

– Excuse-moi, j'en avais besoin, fis-je en reniflant, une fois calmée.

– Je sais, répondit-il.

Son regard était plein de gentillesse, mais je crus y déceler de la pitié, ce qui me déplut. Et j'ignorais pourquoi.

Chapitre 12

J'étais fermement décidée à ne pas abandonner la partie sans me battre. Mais j'avais le moral à zéro. Et, pour couronner le tout, j'étais toujours sans nouvelles de Kevin.

Kim passa me voir le lundi après-midi, alors que j'étais seule à la boutique.

– Mme Kramer et mon père ont rendez-vous ce soir, lui annonçai-je, morose. Elle veut absolument vendre à ce M. Brunswick ! Elle va sûrement convaincre papa que je suis trop jeune pour m'occuper de la librairie toute seule. Enfin, pas toute seule, ajoutai-je, Phil m'aide énormément.

– Calme-toi, tu t'en es très bien sortie, cet été. Ton père reviendra peut-être sur sa décision de vendre ?

– Peut-être…

Jusqu'ici, j'avais gardé pour moi les événements du samedi soir, mais je savais que je finirais par tout dire à Kim. On était amies depuis tellement longtemps qu'il était difficile de lui cacher quelque chose. Donc je lui racontai tout, notamment le changement d'attitude de Kevin depuis que nous avions croisé Sharon et Tony. À sa manière de m'écouter sans mot dire, je me rendis compte qu'elle n'était pas surprise. Comme si elle avait depuis le début considéré mon histoire avec Kevin comme une amourette de vacances.

Phil arriva, interrompant notre conversation. Kim m'agaça un peu en lui proposant un thé glacé ; elle préférait Phil à Kevin et ne s'en cachait pas. Mais on ne changeait pas Kim, donc je laissai tomber.

Phil avait l'air d'excellente humeur. Il proposa à Kim de la raccompagner, mais elle déclina l'offre. Lorsqu'on se retrouva seuls,

Phil me demanda si j'avais du nouveau pour le magasin. Je lui appris que mes parents voyaient Mme Kramer le soir même.

Une heure plus tard, je dépoussiérais une étagère quand quelqu'un me prit par la taille. Je sursautai, surprise, mais le sourire enjôleur de Kevin me remit d'aplomb.

– Je ne voulais pas te faire peur. Je croyais que tu m'avais entendu rentrer.

Je ne trouvai rien à répondre. J'étais tellement persuadée de ne plus jamais avoir de ses nouvelles !

– Quoi de neuf? demandai-je un peu sèchement.

– Oh là là, quel accueil !

Je ne pus m'empêcher de sourire.

– Je sais que je le mérite, poursuivit-il. Je n'ai pas été très sympa l'autre soir…

– Ce n'est pas vrai, protestai-je sans conviction.

– J'ai dû te paraître bizarre après qu'on a croisé Sharon, continua-t-il. C'est que… il y avait longtemps que je n'avais pas entendu parler de Meredith, et ça m'a énervé. Je viens m'excuser. Tu viens manger une glace chez Polly ?

– Non, désolée ; je ne suis pas d'humeur. Mes parents ont peut-être trouvé un acheteur.

– C'est dur, après tout le mal que tu t'es donné, commenta-t-il.

– Pour Phil aussi, c'est dur, ajoutai-je sans réfléchir.

– Ah bon ? grogna Kevin. Je ne savais pas qu'il était aussi impliqué ! À chaque fois que je viens, il est dans la réserve ou plongé dans un bouquin. C'est toi qui fais tout !

– Tu es injuste. Sans lui, je ne m'en serais jamais sortie : il m'a aidée à tout réorganiser, à acheter, à tenir les comptes, il…

Je m'arrêtai, car je me rendis compte que j'étais en train de chanter les louanges de Phil.

– Il a quoi ? insista Kevin.

Sa voix était pleine d'une moquerie contenue, ou peut-être bien de jalousie.

– Il… c'est un bon assistant, finis-je par dire. Peut-être plus pour longtemps, maintenant.

– Ça vaut mieux, Lisa, tu ne crois pas ? C'est la rentrée, dans quelques jours, et bientôt tu n'auras plus le temps de t'occuper du magasin !

– Mais je comptais bien faire les deux ! Venir ici après les cours et le week-end.

– Et les sorties du samedi soir, le football le dimanche après-midi ? demanda-t-il en s'éloignant de quelques pas.

À l'entendre, en gardant le magasin, je me retrouverais cloîtrée pour le restant de mes jours !

– Je louperais peut-être des choses, mais cet endroit en vaut la peine ! Et, de toute façon, je n'aime pas le foot, alors…

Le regard qu'il me lança me fit froid dans le dos. Il semblait déçu par mon attitude. Mais il m'était impossible de revenir en arrière, d'autant que je pensais vraiment ce que je venais de dire. Pour la première fois depuis qu'on se fréquentait, j'étais sincère avec lui.

– Bon, on se voit ce week-end ? lança-t-il.

Sur ce, il pivota sur ses talons et partit sans attendre ma réponse. Ce n'est que quelques secondes plus tard que je m'aperçus qu'il ne m'avait pas embrassée.

Ce soir-là, mes parents s'enfermèrent avec Mme Kramer dans le bureau. J'étais comme un lion en cage, persuadée qu'elle leur faisait une offre qu'ils ne pourraient refuser. Quand Mme Kramer partit enfin, j'attendis dans ma chambre, tant j'avais peur de connaître la décision de mon père. Une demi-heure plus tard, papa m'appela, et je descendis les escaliers, les jambes en coton. Assis sur le canapé, mes parents avaient la mine grave des mauvais jours. Tout ça ne présageait rien de bon !

– Mme Kramer m'a fait une très bonne offre pour le magasin, commença mon père. Elle me pousse à l'accepter.

– Je m'en doute, marmonnai-je avec amertume.

– C'est son travail, Lisa, dit ma mère doucement.

– Je ne comprends pas que vous fichiez en l'air une partie de notre vie, uniquement pour une question d'argent ! éclatai-je.

– Malheureusement, répondit mon père, l'air sévère, il y a une réalité ! Nous n'avons pas fini de rembourser les crédits, et bientôt il y aura tes études à la fac à payer. C'est le plus important.

– Mais maman travaille à temps partiel maintenant ! Et toi, tu as un salaire, ça ne suffit pas ?

Mon père resta silencieux un moment. Au bout de quelques secondes qui me parurent une éternité, il proposa :

– Apporte-moi les chiffres du magasin. Je

vais regarder les actifs et les dépenses.

Est-ce que ça voulait dire que tout n'était pas perdu ? Je pensai que j'avais passé un été insouciant, sur un nuage à cause de ma relation avec Kevin, et que je ne m'étais pas vraiment préoccupée du chiffre d'affaires. Phil, en revanche, s'y était intéressé de très près. Il y avait donc un peu d'espoir !

– Nous ne sommes pas dans le rouge, affirmai-je avec aplomb. Phil a tenu les comptes, je lui demanderai le résultat.

– C'est un bon point pour vous, soupira maman. Prends donc un gâteau, ma chérie, tu as un sursis de quelques jours !

Je ris de soulagement.

– Au fait, Phil et moi, on va au cinéma mercredi.

– C'est merveilleux ! s'exclama ma mère comme si je lui avais annoncé que je sortais avec Brad Pitt.

– Seulement en copains, précisai-je.

Le mercredi soir, Phil passa me chercher en voiture. Le film était génial. Je me sentais bien avec lui. Je lui parlai du sursis accordé par mes parents :

– Tu sais, je suis plus déterminée que

jamais à garder le magasin, mais ça dépend d'eux. J'ai dit que tu avais tenu les comptes. Tu pourras passer et leur démontrer qu'on a fait des bénéfices ?

– Tout ce que tu voudras, dit-il avec un drôle de sourire.

Devant la maison, je le quittai, à regret. J'avais passé une excellente soirée en sa compagnie, et je voulus qu'il le sache.

– Merci, Phil, de m'avoir changé les idées.

– Tu en avais besoin? s'étonna-t-il. Je te trouve plutôt en forme !

Lui expliquer ce que je ressentais était trop compliqué. Et puis, c'était peut-être trop tôt ? Comment lui dire que je me sentais de plus en plus attirée par lui, alors que je sortais avec Kevin ?

Je lui souhaitai une bonne nuit, et rentrai chez moi.

Chapitre 13

Kevin passa à la librairie le vendredi soir, au moment où nous fermions. Je n'avais pas eu de ses nouvelles depuis la dernière fois. Quand il l'aperçut, Phil s'éclipsa dans la réserve, comme il avait l'habitude de le faire dès que Kevin était dans les parages. En fait, il l'évitait. Je me doutais que c'était par jalousie : il ne voulait pas nous voir ensemble.

– Tu veux sortir manger une pizza ? me proposa Kevin.

Il effleurait négligemment les objets de la main, sans les regarder, et cette attitude me mit mal à l'aise sans que je comprenne pourquoi.

– D'accord ! Laisse-moi le temps de prévenir mes parents, et de me changer.

J'annonçai à Phil que je partais ; cela l'obligea à venir saluer Kevin. Il disparut aussitôt.

Nous passâmes à la maison, et Kevin m'attendit dans la voiture tandis que je montai me changer. Tout en enfilant en vitesse une jupe, je me demandais pourquoi j'avais toujours l'impression de courir, avec Kevin. Tout se décidait au dernier moment, et je voulais être parfaite. Ce n'était pas compatible. Si j'avais eu plus confiance en moi, cela aurait été différent…

« Il ne faut pas rêver », pensai-je en reprenant ma place dans la voiture, qui démarra sur les chapeaux de roues.

– Où ça en est avec ton père, pour la librairie ?

Nous étions attablés devant nos pizzas. Le restaurant était calme, il n'y avait personne que nous connaissions.

– On lui a fait une offre intéressante, mais il

n'est pas décidé pour l'instant. Phil lui a montré les comptes, l'autre soir. On a fait des bénéfices, ça joue en notre faveur.

Il eut un sourire enjôleur ; soudain, j'eus le sentiment de retrouver le Kevin que j'aimais.

– Je croise les doigts pour toi. J'adorerais avoir une passion, moi aussi. Je vais sûrement devenir homme d'affaires comme mon père, et gagner beaucoup d'argent. Ce n'est pas très excitant !

À la fin du repas, Kevin proposa, l'air de rien :

– Meredith m'a téléphoné. Demain soir, elle fait une fête chez elle. Il y aura Freddy Fontaine.

– En chair et en os ? demandai-je, sidérée.

Freddy Fontaine était un DJ très connu, qui faisait aussi des soirées privées.

– Tu... tu veux bien m'accompagner ?

À l'idée que Meredith nous voie ensemble, mon cœur bondit dans ma poitrine. Quelle serait sa réaction ? Mépris ? Colère ?

– Tu es sûr de vouloir m'emmener ? Je veux dire... Meredith et toi... ça pourrait être gênant, m'embrouillai-je.

Une fois de plus, il me lança un sourire charmeur :

– Bien sûr que je veux que tu viennes. Je passerai te prendre à huit heures.

Ensuite nous rentrâmes chez moi. Les jours raccourcissaient déjà, et il faisait presque nuit quand nous nous assîmes dans le jardin. Ma main dans la sienne, j'oubliai tous mes doutes, mes angoisses et fermai les yeux. Je fis tout pour chasser Meredith de mes pensées et profiter de l'instant. C'était tellement agréable d'être à côté de Kevin qui, ce soir-là, ne s'agitait pas dans tous les sens !

– On est bien, soupira Kevin.

Il se pencha vers moi et m'embrassa doucement :

– Je t'aime beaucoup, Lisa.

Ce n'était pas « je t'aime » tout court, mais ça me suffit. Il partit bientôt, me laissant sur ma faim. J'aurais pu rester des heures comme ça avec lui, sous le ciel étoilé.

La journée de samedi passa avec une lenteur exaspérante. Nous avions beaucoup à faire, en plus de servir de nombreux clients. Toute la journée, j'eus l'impression que Phil voulait me dire quelque chose. Quelque chose que je n'avais pas envie d'entendre ; alors je l'évitai. Voulait-il me proposer de sortir avec lui ?

J'aurais été obligée de refuser, et je l'aimais trop pour lui faire de la peine.

Au moment de partir, je bafouillai quelques mots et je me sauvai. Je dînai rapidement chez moi, sous l'œil légèrement désapprobateur de ma mère. Je ne parlai même pas du magasin avec mon père. Une fois habillée, je me maquillai un peu plus que d'habitude. J'avais opté pour ma robe noire, c'était le vêtement le plus « branché » que je possédais. De toute façon, il était difficile d'arriver à la cheville de Meredith et de ses amies, dans le domaine.

Kevin était en retard, et je commençai à paniquer. Avait-il changé d'avis ?

Enfin, la sonnette retentit. Je me remis du rouge à lèvres en vitesse, et je descendis.

– Tu es superbe, me complimenta Kevin.

– Merci.

Une fois à la porte de Meredith, Kevin avait l'air sûr de lui, comme d'habitude, mais je le sentis un peu mal à l'aise. Cela me sembla normal : il avait toujours été dans cet endroit en tant que petit ami de Meredith, et là il venait avec une autre fille.

Ce fut Jerry, le frère de Meredith, qui nous accueillit, et j'en fus soulagée, car c'était un garçon sympathique. À l'intérieur, Freddy

Fontaine s'agitait aux platines. La musique était à fond, et les battements de mon cœur épousaient le rythme endiablé.

Kevin me proposa de danser et j'acceptai avec joie. Je décidai de m'amuser et d'oublier Meredith. Il me présenta à des gens qui venaient le voir. Puis il fallut bien saluer notre hôtesse. Elle vint à notre rencontre au bras d'un grand type blond. Elle portait une robe blanche à fines bretelles, qui convenait parfaitement à son teint hâlé. Son brushing était impeccable, elle était absolument magnifique.

– Salut, vous deux. Je vous présente Neil. Neil, voici Lisa et Kevin.

Ses yeux brillaient d'un éclat triomphant, comme pour dire à Kevin : « Regarde ton remplaçant ! »

Je trouvai Neil séduisant, mais un peu trop âgé pour une fille de seize ans. Meredith me regarda à peine et discuta avec Kevin de son voyage en Europe.

– On va aller voir un peu tout le monde, dit-elle à Neil quelques minutes plus tard.

Elle nous adressa un sourire de star et un signe de la main en s'éloignant. Kevin et moi continuâmes à danser. Lui qui était d'habitude si bavard, si blagueur, était anormalement silencieux.

Nous allâmes nous servir au buffet. Meredith avait fait appel à un traiteur réputé, et tout était délicieux. Nous nous assîmes avec les amis de Kevin. Je passais un bon moment, même si ma préférence était toujours allée aux soirées en petit comité, où je connaissais tout le monde. « Si seulement Kimberley et Steve étaient là ! » pensai-je.

J'avais besoin d'amis, de vrais amis. Non pas que Kevin ne soit pas présent, mais ici il était dans son milieu, et moi, non. Je compris soudain à quel point nous étions différents.

À cet instant précis, comme pour me prouver que j'avais tort, il passa son bras autour de moi.

– Tu t'amuses ?

Son sourire était tellement chaleureux que ma bonne humeur revint aussitôt :

– Oui, beaucoup.

Il m'embrassa, et je me blottis contre lui. Il m'aimait bien !

Puis je levai les yeux et vis Meredith et Neil en face de nous. Elle nous fixait, un sourire moqueur aux lèvres.

Je regardai Kevin et je compris que ce baiser

ne m’était pas destiné. Il était pour Meredith. Que cherchait-il à lui prouver ? Se servait-il de moi pour la rendre jalouse ?

Chapitre 14

Sur le chemin du retour, Kevin se montra tellement gentil et attentif que je me demandai si je n'étais pas parano. Après tout, il m'avait peut-être embrassée sans arrière-pensée ? Il conduisit prudemment, et je savais qu'il le faisait uniquement pour moi. Avant de me quitter, il me proposa de faire les vendanges la semaine suivante. Toute la classe allait aider le père d'un ami de Kevin qui avait des vignes, et il y aurait un déjeuner campagnard après.

J'acceptai, ravie et rassurée.

Kimberley passa le lundi pour que je lui raconte la fête. On parla aussi des vendanges, et elle demanda à Phil s'il irait.

– Pourquoi pas ? Ça a l'air marrant. Je n'ai jamais fait de vendanges. Steve m'a dit qu'il y aurait toute la classe.

– Oui, répondit Kim.

J'eus l'impression qu'elle voulait ajouter quelque chose, mais elle se ravisa.

J'attendais le week-end avec impatience. Je n'osais pas demander à Phil s'il viendrait accompagné. Avec lui, je pouvais parler de tout, nous étions sur la même longueur d'ondes. Mais mieux valait ne pas aborder ce sujet-là.

Le samedi, je m'habillai en jeans et Kevin passa me chercher. Dès que nous arrivâmes sur place, nous nous mîmes au travail. En regardant discrètement je constatai que Phil était venu sans Betsy.

Un peu plus loin, Meredith plaisantait avec Jim Matheson, un garçon du lycée. Neil était parti à la fac, et elle lui avait trouvé très vite un remplaçant. Kevin la vit au même moment que moi, et je le sentis se raidir. Quand Jim s'éloigna, Meredith appela :

– Kevin ? Tu veux que je te raconte mon voyage ? Lisa, je te l'emprunte !

Je murmurai un pauvre « oui-oui ». Que pouvais-je faire d'autre ?

Elle se pendit à son bras et lui parla à l'oreille. Je crus mourir. En moins d'une seconde, je passai de l'euphorie à l'abattement. Ravalant mes sanglots, je m'apprêtais à partir quand je sentis une présence dans mon dos. Phil !

Il volait à mon secours. Il n'arrêta pas de parler, de plaisanter. J'aurais voulu le serrer dans mes bras, car il me sauvait la mise, m'évitant l'humiliation complète.

Finalement Kevin me rejoignit.

– Désolé, Lisa, dit-il, l'air un peu embêté. Meredith tenait absolument à me raconter son voyage.

Il mentait : ils avaient déjà discuté de son voyage à la soirée. Mais je fis semblant d'y croire. Je compris que notre histoire était finie.

Le silence s'installa entre nous pour le reste de la matinée, chacun de nous deux travaillant dur pour récolter le raisin. À midi, Kevin pique-niqua avec ses amis et Meredith, allongés dans l'herbe.

– Oublie-le, Lisa, me conseilla Kimberley

entre deux bouchées de sandwich. Je voulais te le dire l'autre jour au magasin… Meredith est rentrée, et elle veut récupérer Kevin, ça crève les yeux.

– Je sais, répondis-je d'une toute petite voix.

Difficile de reprocher à Kim sa franchise. C'était une véritable amie, comme Phil, et je l'avais un peu négligée, cet été.

Je pensai que Kevin allait rentrer sans moi, mais il insista pour me raccompagner en voiture.

Une fois devant chez moi, je pris mon courage à deux mains :

– Ce qui s'est passé aujourd'hui… Je suppose que tu vas revoir Meredith et sortir de nouveau avec elle ?

En guise de réponse, il baissa la tête, et je sentis mon cœur se briser en mille morceaux.

– Je suis désolé, Lisa, murmura-t-il enfin.

– C'était inévitable, dis-je en essayant de retenir mes larmes.

– Tu es vraiment quelqu'un d'extraordinaire, Lisa. J'ai passé des moments merveilleux avec toi.

« Pas si extraordinaire que ça, songeai-je amèrement. Sinon, tu ne me quitterais pas ! »

Pourtant, il avait l'air sincère. Et je devinais que, une fois ma peine surmontée, je me rendrais compte combien nous avions peu de chose en commun. Le retour de Meredith avait simplement accéléré les événements.

Kevin murmura comme pour lui-même :

– Phil est un sacré veinard !

– Phil ? Mais qu'est-ce qu'il a à voir là-dedans ?

– Lisa, je n'ai pas besoin de t'apprendre ce que tu sais déjà, dit-il avec un drôle de sourire. Bonne nuit.

Et il m'embrassa une dernière fois, sur la joue.

Chapitre 15

– Tu t'es bien amusée hier ? demanda ma mère le dimanche matin.

– Oui, oui.

J'avais trop peur de fondre en larmes devant elle. Alors, je filai sans demander mon reste.

En arrivant au magasin, j'aperçus Phil, adossé à la porte, toujours aussi mignon.

– Merci d'avoir été si gentil hier, Phil.

– C'est à ça que servent les amis !

– Tu n'étais pas obligé.

Mais c'était tellement agréable d'avoir quelqu'un sur qui compter! Les premiers clients arrivèrent, interrompant notre début de conversation. J'essayai de ne plus penser à la veille; en vain. Je m'en voulais. Je ne pouvais pas blâmer Kevin. Il avait été sincèrement attiré par moi, mais, malgré leur dispute, Meredith était son véritable amour.

Peu à peu, je commençais à prendre conscience que l'amour peut faire mal. Il peut démarrer sereinement, et se terminer dans la douleur s'il n'est pas vraiment partagé, comme c'était le cas entre Kevin et moi.

Mes parents, que je croyais en ville, débarquèrent avec un énorme gâteau, mon préféré.

– En quel honneur? demandai-je.

– Regarde, tu verras bien, souffla ma mère.

Sur le gâteau était écrit: « Pour Lisa Randall, libraire ».

– Vous ne vendez plus? m'exclamai-je.

– J'ai discuté avec Mme Kramer hier, dit mon père. Je lui ai dit que je voulais que la librairie reste dans la famille, alors… Elle est à toi, ma chérie!

Je sautai au cou de mes parents, et de Phil aussi. Il devint tout rouge; il semblait aussi heureux que moi.

– Je garde mon job? demanda-t-il en souriant.

– Évidemment!

Après le départ de mes parents, nous fixâmes un planning pour nous répartir les horaires. J'étais aux anges. Sans savoir pourquoi, j'avais l'impression d'être une nouvelle Lisa. Tout l'été, j'avais été tendue, sur le qui-vive, pour coller à l'image de la fille idéale que Kevin avait de moi. J'en avais oublié d'être moi-même.

Plus tard dans la journée, je tombai sur un livre que je montrai à Phil:

– Regarde! J'adore ces illustrations, pas toi?

Il se pencha pour regarder, puis me dévisagea longuement. Je crus bien qu'il allait m'embrasser.

– C'est pour ça que je suis si attaché à toi, Lisa. Tu t'enthousiasmes pour tout!

Ses mots sonnèrent comme une caresse. Je rougis violemment.

– Je trouve qu'on a tellement de choses en commun! ajouta Phil.

– Oui, moi aussi, répondis-je sans oser le regarder.

J'aurais voulu lui dire que je n'étais pas

complètement remise de ma rupture avec Kevin, mais que je savais que je surmonterais mon chagrin ; que j'avais fini par comprendre que le véritable amour reposait sur l'amitié et sur les points communs. Je voulais qu'il sache que j'étais consciente de lui avoir fait de la peine. Je voulais lui dire tant de choses. Mais c'était inutile.

Il me prit la main, et je sus, sans qu'il ait besoin de parler, qu'il m'avait parfaitement comprise.

FIN

EXTRAIT

Et pour rêver encore,
lis cet extrait
de

UN DUO DE RÊVE

de Laure Constance

Chapitre 1

Lorsque Margaux avait découvert le nouvel appartement de la famille, elle avait eu un coup au cœur. Ce trois-pièces un peu sombre n'avait rien de commun avec la jolie villa de son enfance.

– Ne me dis pas que c'est là que nous allons habiter ?

– Bien sûr que si, ma chérie, avait confirmé sa mère, deux énormes valises dans les mains.

– Mais c'est minuscule !

– Minuscule ? Tu exagères.

– Cet endroit tiendrait deux fois dans la maison.

La mère de Margaux avait posé ses bagages à l'entrée et évalué mentalement la superficie de leur nouvel appartement. Elle avait esquissé une moue significative. Margaux n'avait pas tout à fait tort.

– Nous sommes à Paris. Et le mètre carré n'est pas vraiment au même prix qu'à Fontange.

C'était tout ce qu'elle avait trouvé comme excuse.

Mais Margaux se moquait bien du prix du mètre carré. Et plus encore de Paris. Elle aurait tant voulu rester à Fontange ! Sa maison était entourée d'un jardin qui sentait bon les fleurs. Dès que le soleil pointait le bout de son nez, elle organisait des dînettes sous la tonnelle. Il y avait toujours des copains et des copines pour venir les partager. Elle n'était jamais seule. À Paris, il pleuvait tout le temps, et elle ne connaissait personne.

Depuis qu'elle avait débarqué en compagnie de ses parents à la gare de Lyon – il y avait de cela un mois – elle n'avait pas encore aperçu le moindre coin de ciel bleu. Elle n'avait guère eu l'occasion de chercher ses petites robes d'été au fin fond des cartons. C'était simple : pas un seul jour, elle n'avait quitté son affreux K-Way.

Aujourd'hui, mercredi, il n'y avait pas cours. Sa mère l'avait mobilisée pour en finir enfin avec l'emménagement.

Le dos tourné, Margaux scrutait l'horizon : une muraille d'immeubles hauts cernée de grisaille.

– Tu crois qu'il va faire beau un jour, maman ? soupira-t-elle en soulevant un coin de rideau.

– Naturellement. Nous ne sommes qu'au début du printemps. Aide-moi plutôt à vider les cartons. Tiens, regarde dans le gros. Là, sur la gauche... Je ne sais plus du tout ce que j'ai mis dedans.

Margaux s'arracha à sa contemplation. Elle lança un regard désespéré sur la pièce principale, envahie de caisses. En zigzaguant pour éviter de buter dans les obstacles, elle se dirigea vers le carton indiqué. Elle souleva le couvercle : un nuage de poussière vola dans l'air.

– Beurk ! s'exclama-t-elle en agitant la main devant son visage. Ce sont des livres. Vous auriez quand même pu les épousseter avant de les entasser ! Il y a autant de kilos de poussière que de kilos de papier.

– Prends un chiffon, s'il te plaît, et essuie-les avant de les ranger sur les étagères, fit sa mère en désignant la bibliothèque.

Margaux éternua bruyamment.

– Je crois que je suis en train de devenir allergique. Et pas seulement à la poussière. Pourquoi on n'est pas restés chez nous ? On était bien, là-bas.

Devant le désarroi de sa fille, la mère de Margaux interrompit son rangement. Elle tira une caisse et s'installa sur le rebord, en équilibre. D'un geste énergique, elle dégagea une chaise encombrée et fit signe à Margaux de s'asseoir. Elle lui tendit un mouchoir en papier.

– Tiens.

– Merci, répondit Margaux en se mouchant.

– Écoute-moi : il faut te faire une raison. Nous n'avions pas le choix. Ton père a dû changer de journal.

– Ça, je sais. Mais je ne vois pas pourquoi.

– Il est très content. Pour lui, c'est une belle promotion, d'être engagé à Paris. Et puis, tu vas te faire de nouvelles camarades. Comment sont les filles de ta classe ?

– Bêcheuses, fit Margaux à travers son mouchoir.

– Toutes ?

– Presque.

– Les garçons ?

Margaux triturait une mèche de ses longs cheveux blonds, l'œil rivé sur la pointe de ses baskets :

– Pires !

– À ce point ?

– À ce point.

L'arrivée de la jeune fille en cours d'année scolaire n'avait pas facilité les choses. Certes, au vu de ses notes, les profs l'avaient accueillie à bras ouverts. Même si, de temps en temps, elle avait l'air un peu perdue dans les nuages, elle suivait parfaitement. Lors de la dernière réunion de parents d'élèves, tous s'étaient évertués à rassurer la mère de Margaux.

– Pourquoi papa n'est-il pas venu avec toi voir mes professeurs ?

– Il a beaucoup de travail. La presse parisienne, ce n'est pas exactement comme la presse régionale.

– Pourquoi ?

– Les places sont chères. Comment t'expliquer ? Beaucoup de collègues lui envient sa chance. Pour lui, c'est un peu un test. Comme toi dans ton nouveau lycée. Margaux, s'il te plaît, fais-moi un sourire. Tu vas voir : ce n'est qu'une question de temps.

La jeune fille grimaça et attrapa son baladeur. Elle ajusta les écouteurs à ses oreilles. Un sourire béat se dessina sur ses lèvres : on diffusait le dernier tube de Lara Belle, sa chanteuse préférée.

Chapitre 2

– Ce buz, il arrive touzours en retard. C'est bien la peine d'avoir créé des couloirs. Regarde-moi za ! Perzonne ne les rezpecte.

Marine prit Margaux à témoin de cette situation inacceptable : le non-respect des couloirs de bus par les automobilistes parisiens.

– Tu m'écoutes, Margaux ?

Son éternel baladeur sur les oreilles, Margaux dodelinait de la tête en rythme. Elle fermait les yeux. Pourtant Marine était une des rares filles de la classe à lui parler. Si venir de province au beau milieu de l'année mettait au ban de la classe, zézayer n'attirait pas forcément non plus toutes les sympathies... Dès les premiers jours, les deux filles s'étaient rapprochées.

– Hou, hou, « les deux M », dites au chauffeur de m'attendre !

Une grande rousse courait vers l'arrêt de bus en se tordant les pieds sur des sandales à plate-forme du plus vulgaire effet. C'était Sandra, la « super désagréable » de la classe, qui se prenait – depuis qu'elle était à la mode – pour une star de la real TV. D'emblée, elle avait surnommé les nouvelles amies « les deux M », et les avait classées dans la même catégorie : celle des infréquentables.

– Dépêze-toi, lui cria Marine.

Complaisante, elle fit patienter le conducteur le temps que la grande brindille se hisse sur la marche sans se casser une cheville.

– Merci, zozote !

Margaux serra les dents : quelle peste, cette

Sandra ! La prochaine fois, elle pourrait toujours courir pour rattraper son bus !

Margaux et Marine s'installèrent à l'écart sur une banquette. Elles entreprirent de réviser les cours. Demain, il y avait interro de français.

Sandra se posta devant elles et les toisa du haut de ses quinze centimètres de semelles compensées.

– Ce soir, nous allons en bande chez Florian. Il paraît qu'il a des CD à nous faire écouter. Des nouveautés qui ne sont pas encore dans le commerce.

Florian était le play-boy de la classe. Toujours bien habillé, toujours au courant de ce qui était à la pointe de la mode. Ce n'était un secret pour personne : Sandra le portait dans son cœur... sans espoir.

– Et peut-on savoir ce qui lui vaut ce privilège, à ton Florian ? demanda Margaux.

– Son père travaille dans une radio, je crois. Il doit être journaliste ou quelque chose dans le genre.

– Moi aussi, mon père est journaliste. Il travaille au...

– Ton père ! Journaliste ? Il fait des reportages sur les foires agricoles, alors ! ricana Sandra en rejetant sa crinière de lionne en arrière.

Margaux s'apprêtait à expliquer à cette idiote que venir d'un journal régional n'avait rien d'infamant lorsque le bus freina brusquement. Sandra manqua s'étaler sur les genoux d'un gros monsieur caché derrière son attaché-case. Sans s'excuser, elle se rattrapa à lui en lui broyant les orteils.

Le pauvre homme, indigné, haussa les épaules.

Margaux n'avait pas la moindre envie de continuer la conversation en public avec une fille aussi mal élevée.

– Tu viens, Marine ? lança-t-elle. On descend : on va finir le chemin à pied.

Dans un même élan, elles faussèrent compagnie à Sandra, qui venait de souffler une place libre à une vieille dame.

– Il ne faut zurtout pas lui répondre.

– C'est plus fort que moi. Je n'aime pas cette ville, je n'aime pas ces gens, reniflait Margaux, le nez enfoui dans son classeur.

Marine prit son amie par le bras et essuya le rebord de sa paupière.

– Attends, tu as du rimmel qui coule.

En frottant énergiquement, Margaux l'étala encore plus. On aurait dit qu'elle avait un œil au beurre noir.

– Tout le monde me regarde de travers, enchaîna-t-elle, les filles critiquent mes vêtements. Les garçons m'ignorent. Je ne vois vraiment pas ce que je fais ici ! À Fontange, j'avais des amis formidables. On passait des journées entières à discuter, écouter de la musique...

– À te promener, et à te dorer au soleil, j'imagine. Pour le moment, question soleil, il faudra patienter, ma belle. Quant aux amis... je suis là, non ?

– C'est vrai. Tu as raison. Je ne devrais pas faire attention aux autres.

Elles étaient presque arrivées au domicile de Margaux.

– Si tu me faisais visiter ton appart'?

– Bonne idée. Je viens enfin d'achever la décoration de ma chambre. Tu vas voir. Elle est super belle maintenant !

Les tentures de velours étaient d'un rose pastel qui reposait le regard. Sur les murs vert pâle, des photos multicolores représentaient une seule et même personne. En robe pailletée devant un micro, dans un jardin avec son chien, au bras d'un magnifique jeune homme, partout souriait Lara Belle, la nouvelle star des hits.

– Dis donc, on dirait que tu l'aimes bien, remarqua Marine en posant son sac à dos sur le lit.

– Je l'adore ! Cette fille est géniale !

– Je ne trouve pas qu'elle chante aussi bien qu'on le prétend.

– Mais regarde comme elle est jolie.

Marine regarda les cheveux blonds de son amie, gaufrés à la manière de Lara Belle :

– Et tu voudrais lui ressembler...

– Je sais bien qu'il y a encore du chemin à faire. Mais je ne désespère pas.

– Tu n'es pas mal non plus, protesta gentiment Marine.

Margaux jeta un regard dubitatif vers la glace en pied. Elle avait un teint doré, de jolis yeux verts et une silhouette menue que Marine lui enviait. Sa balance à elle accusait deux bons kilos de trop !

Margaux se fit une grimace : décidément, elle ne se trouvait pas belle. D'un air dépité, elle tira sur une de ses mèches blondes.

– Regarde-moi ça, j'ai les cheveux tout secs.

– Si tu veux absolument l'imiter en tout, ce ne sont pas tes cheveux qui posent problème. Il faudrait que tu saches chanter...

– Mais je chante ! fit Margaux fièrement. Attends ! Tu vas voir.

Elle glissa un CD dans le lecteur qui trônait sur la commode et appuya sur la touche « play ».

– Alors, je t'écoute, fit Marine, sceptique.

Margaux s'empara d'une brosse à cheveux qui traînait sur la table de nuit. L'utilisant comme un micro, elle se mit à chanter, calquant sa voix sur celle de son idole. Avec grâce, elle reproduisit les pas de la chorégraphie du clip qui passait en boucle sur les chaînes musicales.

Sidérée, Marine s'était assise sur le lit et tapait du pied en rythme. Lorsque la musique s'arrêta, Margaux reprit le refrain *a capella*.

– Mais tu chantes mieux qu'elle ! s'écria Marine. Sérieusement, tu as une très jolie voix. Tu devrais venir à la chorale avec moi.

Margaux, un peu essoufflée, alla s'asseoir à côté d'elle :

– Quelle chorale ?

– Celle de Mme Lescure, la prof de chant. J'y vais toutes les semaines. Il paraît que c'est le seul moyen pour me débarrasser de mon problème, tu sais...

– Tiens, au fait ! Ça fait bien une demi-heure que tu n'as pas zozoté !

EXTRAIT

– D'après elle, c'est psychologique. Je ne parle comme cela que lorsque je suis énervée. Alors ? Tu m'accompagnes au prochain cours ?

– Une chorale...

Margaux sembla réfléchir. Visiblement, elle avait d'autres ambitions.

– J'avais plutôt pensé à une carrière en solo, finit-elle par lâcher.

Chapitre 3

Le lendemain, avant les cours, un véritable attroupement s'était formé devant le lycée. Margaux se haussa sur la pointe des pieds... pour ne voir du spectacle qu'une rangée de dos de tous gabarits. Que pouvait-il bien se passer encore ? Un accident ? Un élève aurait dérapé en scooter ? Mais il n'y avait aucune voiture de police ou de pompiers à l'horizon ; juste une camionnette, qui stationnait en bordure de trottoir, avec l'inscription « Hit TV » peinte en rouge sur sa carrosserie.

Florian, qui frimait dans un superbe blouson en jean flambant neuf, s'approcha de Margaux. Il se passa négligemment la main dans les cheveux :

– Viens. On va voir de plus près.

Margaux le dévisagea, étonnée : il devait s'agir d'un grand événement pour que ce snobinard lui adresse la parole !

– Que se passe-t-il ?

– J'espère que le proviseur ne va pas sortir. Ils sont en train d'interviewer Lara Belle. Tu parles d'une pub pour l'établissement !

Margaux crut avoir mal entendu. Lara Belle devant son lycée ? Là, tout près, à quelques mètres, respirant le même air qu'elle, s'apprêtant à recevoir les mêmes gouttes de la pluie qui n'allait pas tarder à s'abattre sur Paris ? Ce n'était pas possible.

– Qui ça, ils ?

– Les journalistes de Hit TV. Alors, tu me suis ou tu restes pétrifiée ? Tu ne verras rien d'ici. De toute façon, c'est une petite équipe :

un caméraman et le journaliste, ajouta Florian, comme s'il était du métier.

Telle une somnambule, Margaux suivit son camarade. D'un coup d'épaule énergique, le garçon leur fraya un chemin à travers le groupe compact des badauds. Maintenant, Margaux était aux premières loges. Elle eut l'impression d'entrer dans un rêve.

À un mètre d'elle, auréolée par la lumière blanche d'un projecteur, Lara Belle, souriante, répondait aux questions d'un animateur vedette de la chaîne musicale. Sa peau fine et délicate à peine maquillée s'irisait de manière irréelle. Deux petites nattes blondes sortaient de sa casquette rose bonbon.

Bouche bée, Margaux admirait la jeune vedette. Aucun mot ne lui venait. Pourtant, plein de questions se bousculaient dans sa tête.

Enfin elle saisit Florian par la manche de son blouson :

– Tu peux me dire ce que Lara fait devant notre lycée ?

– Comment ? Tu ne sais pas ?

– Je ne sais pas quoi ?
– Elle est en terminale.

Les mots que dévidait le professeur de français arrivaient assourdis à l'oreille de Margaux. Il était en train de lire l'énoncé de l'interro. La jeune fille regarda sa feuille : elle n'en avait noté que la moitié !

– Ça va ? lui souffla Marine.

– Oui, oui.

– Tu es sûre ?

Marine jeta un coup d'œil sur la copie de son amie. Celle-ci lui tendit sa feuille.

– Tiens ! Il te manque la moitié du sujet.

– Mesdemoiselles ! hurla M. Gorsaut avec une voix de stentor, on ne parle pas pendant l'interrogation écrite.

Tétanisée par le regard féroce du géant en costume-cravate, les deux filles plongèrent le nez dans leur travail.

L'épreuve parut durer des heures. En réalité, il ne s'était écoulé que soixante minutes quand Margaux put enfin parler à Marine.

EXTRAIT

– Il faut absolument qu'on aille la voir, déclara-t-elle en rangeant ses affaires n'importe comment. Maintenant.

– Ah ! Oui. Remarque, je veux bien... si tu me dis qui nous devons voir « absolument ».

– Lara Belle.

– Encore elle. C'est une obsession !

Margaux lança à son amie un regard plein de reproches.

– Pourquoi ne m'as-tu rien dit ? Elle est dans notre lycée, et tu ne m'as rien dit, souffla-t-elle, au comble de l'excitation.

Marine leva les yeux au ciel.

– Je croyais que tu le savais. OK, on y va, soupira-t-elle. Attends, je prends mes affaires.

– Elle est à quel étage ?

– Au troisième.

– Dépêche-toi !

– Bon, ça va ! Elle ne va pas s'envoler, ta Lara Belle !

La porte de la classe s'ouvrit pour laisser déferler une armée de jeunes gens et de jeunes filles qui avaient l'air de se battre pour arriver les premiers à l'ouverture des soldes. Pourtant il n'y avait pas de bonnes affaires en perspective. C'était juste la veille d'un pont à rallonge.

Dans le couloir, Marine et Margaux se tenaient en retrait, appuyées contre le mur.

– Je ne la vois pas, s'impatienta Margaux. Elle a dû déjà sortir !

Juste à ce moment un garçon brun, aux yeux bleus comme des lacs, en passant devant Marine lui fit la bise. La jeune fille rougit jusqu'aux oreilles.

– Qui est-ce ? demanda négligemment Margaux, toujours à l'affût d'un bout de natte de Lara Belle.

– C'est Brad. Un copain de la chorale. Il est dans la même classe qu'elle.

– Joli garçon...

– Tu trouves ? Ça tombe bien, car c'est toi qu'il a regardée, fit remarquer Marine, contrariée.

– Arrête ! Je vois bien qu'il te plaît ! Attention, la voilà !

Propulsée par une force quasi surnaturelle, toute tremblante, Margaux tendit son stylo quatre couleurs en brandissant une photo sous les yeux de Lara Belle.

– S'il te plaît, j'aimerais avoir un autographe. J'ai tous tes disques.

– C'est vrai ? C'est sympa. Tu es en quelle classe ? demanda la vedette en herbe.

Margaux hésitait à répondre. Après tout, Lara était une grande !

– Seconde, fit-elle du bout des lèvres.

– Tu es seconde, répéta Lara, qui avait écouté d'une oreille. Et tu t'appelles comment ?

– Margaux.

Lara Belle gribouilla rapidement « Pour Margaux » dans le bas de la photo, représentant une fille en tailleur de dame, qui lui faisait paraître cinq ans de plus que son âge. Elle en oublia de rendre le stylo et s'enfuit rejoindre sa copine.

– Et ton stylo ? nota Marine. Elle est gonflée, tout de même !

– Ce n'est pas grave. Comme ça, j'ai une bonne raison de la revoir.

– Franchement, je ne voudrais pas te contrarier, mais elle t'a à peine regardée.

Margaux haussa les épaules : il en fallait bien plus pour la décourager !

Margaux descendit du bus. Il avait enfin cessé de pleuvoir. Des images plein la tête, elle parcourait le bout de chemin qui la séparait de sa porte. En fixant le sol, elle voyait la fine silhouette de Lara Belle se dessiner sur la chaussée mouillée. Avec quel style cette fille portait le jean brodé d'une marguerite en paillettes ! Margaux décida qu'il lui fallait le même. Oui, dès demain, elle irait faire du shopping.

D'un geste brusque, elle se débarrassa de ses écouteurs. Elle n'avait pas besoin de musique puisqu'elle entendait encore la voix magique de la chanteuse lui demander son prénom.

Comme elle rangeait le baladeur dans son sac, elle sentit une main se poser sur son épaule.

EXTRAIT

Elle sursauta.

– Pardon, je t'ai fait peur ! Tu as oublié ça dans le bus. Je t'ai appelée, mais tu ne m'as pas entendu. Alors je suis descendu à l'arrêt.

Un garçon aux yeux bleus lui tendait son classeur. Margaux ne mit pas longtemps à le reconnaître. C'était Brad.

– Oh ! Merci. Je ne sais pas où j'avais la tête.

– Sûrement pas sur tes épaules ! Tu m'as regardé sans me voir pendant tout le trajet. Tu as des soucis ?

– Non, non. Tout va très bien. Je repensais au sujet que nous a filé Gorsaut, mentit Margaux. Je suis sûre que je me suis plantée.

– Vous avez M. Gorsaut en français ! Je l'ai eu, moi aussi. Remarque, c'est un très bon prof, mais on ne peut pas dire qu'il plaisante. Une main de fer dans un gant... d'acicr ! Oh ! Excuse-moi, je ne me suis pas présenté. Je suis...

– Brad, fit Margaux.

– Bravo. Brad Davis.

EXTRAIT

Elle leva la tête vers lui. Il faisait au moins un mètre quatre-vingts.

– Et tu vas à la chorale avec Marine, poursuivit-elle.

– C'est ça.

– Tu vois que je ne suis pas tant que cela dans la lune.

– Je vois, concéda Brad avec un magnifique sourire. Tu habites ici ?

– Exactement.

Elle s'apprêtait à lui dire : « Je sais aussi que tu es dans la même classe que Lara Belle. » Mais elle se tut, ne voulant pas passer pour une idiote à ses yeux.

– Alors, à une autre fois, dit-elle simplement.

Cœur Grenadine

301. MON DOUBLE ET MOI
302. LE SECRET DU ROCKER
303. UN GARÇON DANS LE DÉSERT
304. LA FILLE SUR LE PLONGEOIR
305. UN DUO D'ENFER
306. DESTINATION SYDNEY
307. ÉCHEC ET... MATHS
308. RÊVES D'HIVER
309. PETITE SŒUR
310. UN GOÛT D'ORAGE
311. UNE ANNÉE EN GRIS ET BLEU
312. EN ATTENDANT L'AUTOMNE
313. NE ME DITES JAMAIS « JE T'AIME »
314. MENTEUSE !
315. BLEU COMME LA NUIT
316. MUSIQUE À CŒUR
317. C'EST MOI QUI DÉCIDE
318. LE GARÇON QUE JE N'ATTENDAIS PAS
319. C'EST LE VENT, BETTY
320. NON, PAS LUI !
321. LE CAHIER D'AMOUR
322. MA VIE RÊVÉE
323. UN CARTON JAUNE POUR DEUX
324. LA JALOUSE
325. BONS BAISERS DE BRETAGNE
326. UN ÉTÉ ORAGEUX
327. AMOUR ET MENSONGES
328. SVEN ET MARIE
329. EMBRASSE-MOI !
330. COMME CHIEN ET CHAT
331. LA COURSE AU BONHEUR
332. LES AMOUREUX DU SQUARE
333. LE SECRET DE LÉA
334. LES FANTÔMES DU CŒUR
335. JE NE SUIS PAS EN SUCRE !
336. DERNIER ÉTÉ SUR L'ÎLE
337. CAP SUR L'AMOUR
338. PLONGEON EN SOL MAJEUR
339. DU CÔTÉ DES ÉTOILES
340. UN AMOUR D'ANGLAIS
341. DANSE AVEC MOI
342. DIS-MOI QUI TU AIMES
343. LA BALLADE DE SAMMY SONG
344. OBJECTIF AMOUR
345. ET SI C'ÉTAIT UN ANGE ?
346. LE SOUFFLE DE L'ANGE
347. LE SOUVENIR DE L'ANGE
348. UNE CHANCE POUR MOI
349. UN AMI D'AMOUR
350. LA COULEUR DU BONHEUR
351. TROP BEAU !
352. LE GARÇON DE MES RÊVES
353. MÉLODIE D'AMOUR
354. L'ÎLE DU PREMIER AMOUR
355. JUSTE UN AMI
356. UN CŒUR AU SOLEIL
357. UNE CHANSON POUR VINCIANE
358. MARINE, TOP MODEL
359. UN AMOUR POUR COLOMBE
360. QUAND L'AMOUR S'EMMÊLE
361. UN DUO DE RÊVE
362. LE CHOIX DE ROMANE
363. UN AMOUR DE PLUIE
364. PREMIER AMOUR
365. COMÉDIENNE
366. LE SECRET DES HURLANTS
367. ROMAIN ET JULIE

Impression réalisée sur CAMERON par

BRODARD & TAUPIN

GROUPE CPI

La Flèche

en septembre 2004

Imprimé en France

N° d'impression : 25503